ダッシュエックス文庫



# 無駄飯食らい認定されたので愛想をつかし、帝国に移って出世する

## ～王国の偉い人にはそれが分からんのです～

相野 仁

# 第二話「ルッツ、出奔する」

「ルッツ、またサボりか？」


上司にあたる主任魔法使いにいやみな口調で聞かれる。

俺はムッとして答えた。

「サボりじゃありません。無駄を省《はぶ》いて効率よく仕事をしたら終わったんです」

「手を抜いて仕事をやって、みんながまだ仕事してるのを見ているだけ。無駄飯食らいのいいご身分だな」


上司の言葉は鋭く、たっぷりと毒がこもっている。

俺が同僚の仕事を手伝わない理由は簡単だ。

奴らはわざとダラダラと仕事をしているだけなのだ。

そうすれば仕事時間が長いほど立派だと本気で信じている上司に、目をつけられずにすむ。

すでに目をつけられている俺は今さらだと思い、いつもの通りだ。

「仕事はサボる、みんなの手伝いはしない、有給休暇は使う、どうしようもない落ちこぼれのダメ人間だな、ルッツは」

上司は不愉快そうな顔でねちねちと言ってくる。

俺はこみ上げてくる怒りをグッと我慢した。

「なあ、ルッツ。お前はどうしてみんなと同じことができないんだ？　恥ずかしくないのか？　申し訳ないと思わないのか？」

みんなと同じことしかできないのなら、一人が解決できない問題が出てきた瞬間、終了になると思うんだが。

言っても無駄なので無言を貫く。

「言い訳はするくせに、都合が悪くなったとたんにだんまりか？　恥ずかしい奴だな」

言っても無駄とあきらめる気持ち、理解できないのか。

できないんだろうな。

「ああ、お前の仕事の態度が悪いから賃金カットするぞ」

俺は思わず天をあおぐ。

理由をつけて賃金をカットされるのは何度目だろうか。

いい加減、我慢の限界だった。

上司が背を向けたので、大急ぎで辞表を書いて叩きつける。

「何の真似《まね》だ？」

「無駄飯食らいがいなくなってせいせいするでしょう」

驚いたらしい上司にいやみを言うと、上司は笑った。
「長雨がやんで、太陽が姿を見せたかのような晴れやかな気持ちだな」
長雨の後の太陽は、王国民にとっては最もうれしいことの一つとされる。
それだけ俺がいなくなってうれしいというわけだ。
俺もこんな上司の顔を見なくてよくなるので、せいせいするわけだが。
「お前の勝手な都合でやめるのだから、今月の賃金は出すが退職金は出さないぞ」
上司は俺の想像以上にアレな男だった。
だが、一刻も早く辞めたいので泣く泣く引き下がる。
二度と来るか、クソッたれ。
職場だった王国の魔法局東第一支部の建物を出たところで、心の中で思い切り叫んだ。
自宅に戻った俺は、さっそく飲みに出かける。
俺は自由を得たのだ。
今日くらいはこの時間帯から酒を入れるのも悪くはない。

「ルッツさん、どうしたのこんな時間から？」

飲み屋の顔なじみの女性店員が目を丸くする。

「仕事を放り出してきたのさ。とにかく酒をくれ」

「え、はい」


蒸したジャガイモをつまみに、安くてまずい麦酒《ビール》を飲む。

俺の稼《かせ》ぎじゃせいぜいこのぐらいの酒しか頼めない。

適当なペースで飲んでいると、見慣れない男が声を掛けてくる。

「どうしたんだ、魔法使いのお兄さん」

共通語ではあるが、王国なまりじゃなくて帝国なまりだった。

とすると、この男は帝国人だったりするのか？

帝国と王国はいくつもの紛争地域を抱えていて、もはや伝統的にいがみあっている。

今はまだ断交にはいたらず貿易もおこなっているが、数十年後くらいに戦争になっても不思議じゃない。

何はともあれ、今は敵じゃないし帝国人相手のほうが気安いと思って簡単にしゃべった。

「なんと……王国の魔法局ってそんなことになっているのかい」

帝国人らしき男は目を丸くしていた。

帝国からすれば馬鹿馬鹿しいのだろうか。

そう考えると、なんだかうらやましい気持ちになってくる。

「お兄さん、だったら帝国に行ってみたらどうだい？　帝国だったら少なくとも有益かどうか検討《けんとう》はされるはずだよ。検討された後のことまでは保証できないけどね」

帝国人は同情的で、自国について少し誇らしげだった。

俺は悩んでしまう。

王国は基本的に伝統を重んじ、変化をきらい、みんな同じを好む息苦しい国だ。

ついでに言えば生まれが重視されるので、貴族や富裕層の息子として生まれれば将来は明るいが、平凡な平民に生まれればそれだけで厳しい。

俺は魔法の才能があったものの、平民である以上は出世とは無縁だった。

両親はすでに亡く、友達もほとんどいない俺はこの国にとどまる理由がない。

「帝国って貴族じゃなくても、金を積まなくても出世できるのか？」

「生まれが有利になる状況はないと言えないけどね。少なくとも能力がある人間が生まれを理由に冷遇されることはないよ。俺だって平民なんだけど、帝国じゃ名門と言われる学校に入れたんだぜ」

胸を張る帝国人が素晴らしかった。

平民でも名門学校に通えるとか、どれだけいい国なんだろう。

生まれか金がないとろくに学校に通えない王国とは大違いじゃないか。

騙《だま》されたと思って、行くだけ行ってみようか。

どうせやることがないし、こんな国にしがみつく理由もない。

王国で理解されなかったことを受け入れてもらえるか試してやる。

「分かった。一回行ってみるよ。魔法使いの採用試験があればいいんだが」

さすがに急には無理だろうと思う。

「採用試験なら、年を通して行われているよ？」

ところが帝国人の男は不思議そうな顔をしてそんなことを言った。

こっちは愕然《がくぜん》としてしまう。

「なんだって？」

「優秀な人材はいくらでも欲しい、が帝国の理念だからね」

帝国って王国よりもずっとすごいんじゃないのか。

「あ、俺はガイ。よろしくな」

ガイは人懐っこい笑みを浮かべてきて、俺は笑い返す。

帝国、実は素晴らしい国なのかもしれない。

楽しみになってきたぞ。

ガイの言葉を信じて、俺はさっそく出発する。

帝国の領土はかなり遠いし、馬車の料金を惜しんだので余計に時間がかかったが、これは仕方ないだろう。

でも、道の整備は正直王国よりも行き届いているし、治安もいいらしい。

辺境警備の兵士たちの態度も王国の兵士たちよりもずっとよかった。

この分だと期待できるかもしれない。

仕事を探すなら大きな都市がいいだろう。

到着までもう少し時間がかかるから、適当な村で一泊しようと歩いていると、

「うわー」

遠くで男の子の叫びが聞こえた気がする。

何かあったんだろうか？

近くに人影はないので、俺が駆けつけた方が早いだろう。

身体強化魔法〈剛脚《ごうきゃく》〉を短縮詠唱《えいしょう》で唱え、大急ぎで駆けつける。

駆けつけたところには大きな茶色の魔犬が三匹牙をむき出しにしていて、小柄な老人、十歳くらいの少年がその前にへたりこんでいた。

二人とも竹で編まれたかごを持っていることから、薬草か何かを摘《つ》みに来たところへ運悪く遭遇《そうぐう》したのだと思われる。


「大丈夫か？」


注意をこっちに向けるために声をあげた。

魔犬たちはちらりとこっちを見たが、それだけだ。

二人を囲んでぐるぐる回りながら今にも襲いかかろうとしている。

これはのんびり呪文を唱えている時間はないな。


「〈火炎《かえん》〉」

詠唱を省略して火の魔法を行使する。

少年の頭くらいの火の玉が三つ、魔犬たちの体に命中した。

「キャイン!?」

魔犬たちは悲鳴をあげてその場にしゃがみ込む。

「今だ、走れ!」

突然の魔法に呆然《ぼうぜん》としていた二人は、助けが来たと気づいてあわてて立ち上がって転がるようにこっちに向かってくる。

公用語が通じて何よりだ。

魔犬たちはショックから立ち直ると今度は俺をにらんでくる。

ただの犬なら今の一撃で戦意を失って逃げ出しているんだろうが、さすがに魔犬はそうもいかない。

「〈業火円《ごうかえん》〉」

やはり呪文を唱える時間は惜しかったので、先ほどよりも強い火の魔法を使う。
魔犬三匹を包むように火の円の柱が立ち上り、魔犬たちは大きな悲鳴をあげて今度こそ逃げ出した。

「キャインキャイン」

本当なら追いかけた方がいいんだろうけど、魔法使いが魔犬と足の速さや体力を競っても不利だし、助けたばかりの人たちもいる。
あれだけ鳴いたなら大丈夫だろうと思うことにした。

「大丈夫ですか？」

「ええ、ありがとうございます」

小柄な老人はまだ青い顔をしたまま、礼を言ってきた。

「兄ちゃん、ありがとう。すっげえかっこよかったよ！」

少年の方は満面の笑顔で礼半分、感心半分といったふうである。

子どもの方が立ち直りは早いな。

二人が使っているのは公用語である。

王国だと王国語しか使わない輩《やから》がけっこういたんだが……。

「どういたしまして」

「ねえ、ねえ、今のあれは何？　呪文が聞こえなかったけど？」

少年の無邪気な問いに一瞬つまる。

王国だと伝統を無視しているとか、手抜きだとか言われたものだ。

「呪文をなしで魔法を発動させるやつだよ」

「無詠唱ってやつ⁉　すげえ！」

子どもは知らないのではないかと思ったが、どうやら知っていたらしい。

目を輝かせて称賛してくれる。

帝国には分かってくれる存在がいて、しかもまだ小さい子どもとは。

「無詠唱とはかぎられた人が使える高等技術と聞きます。それほどの魔法使いが、どうしてこのような場所に？」

老人の青い瞳からは感謝の気持ちと疑問が浮かんでいた。

まあなぜ通りがかったのか、説明しておく必要はあるだろう。

「実は王国の人間なのですが、仕事を求めて帝国にやってきたのですよ」

帝国が本気で調べたらすぐに分かることだ。

それに今の時代、他国に仕事を求めてやってくるのはありえることである。

「なるほど……無詠唱ができれば俸給《ほうきゅう》も期待できますからな。納得です」

老人はあっさりと納得してくれた。

「兄ちゃんぐらいカッコいい魔法使いなら、宮廷に仕えることもできるんじゃないかな！」
「無詠唱の使い手なら、かなり期待できるでしょうな」

やけに高評価で正直とまどいを覚える。

「帝国だと無詠唱を評価してくれるのか」

だとすればちょっとは期待できるな。

「……まさかと思いますが、王国では評価されなかったのですか？」

老人は気づいたらしい。

人生経験ありそうだし、俺が出奔《しゅっぽん》してきた理由についても想像力を働かせたのだろう。

「まあそうですね」

「なんともまあ」

老人は複雑そうな顔である。

俺の前で王国を批判するのを遠慮《えんりょ》したのかもしれない。

「よく分からないけど、兄ちゃんすげえじゃん。すげえと思うところに来て、よかったんじゃないの？」

「だといいがな」

正直にうなずけなかった。

「ところで、あやういところを助けていただいたお礼を何かさしあげたいのですが」

老人はそう言う。

「そうですね。今晩泊まれるところを教えていただけませんか？」

「それだけでいいのですか？　もう少し何かさしあげたいのですが」

俺の要求に対して老人は少し納得いかないという顔をする。

「兄ちゃんが仕事を探しているなら、ちょうどいいと思うよ。じいちゃん、こう見えても昔は宮殿で働いていたんだぜ？」

少年がそう言った。

「え、そうなのですか？」

言われてみれば動作の一つ一つが上品である。

「ええ、昔に少し」

老人はひかえめな態度を見せた。

こういう人にかぎって実はすごかったりするが……表情が読めない。

「魔法使いの採用試験を実施していただけるかどうか、聞いていただくことは可能ですか？」

あまり恩に着せにかからない方がいいだろう。

採用試験があるかどうか教えてもらうだけでよしとする。

「かまいません。あなたの希望に添えるかは分かりませんが」

「前職より賃金が高く、働きが評価されるならぜいたくは言いません」

そう答えると、老人はうなずいてから聞いてきた。

「失礼ながら参考までにうかがいます。前職の賃金は？」

「王国銀貨十八枚ですね」

「……はぁ？」


老人は目を丸くして、変な声を出す。

「いくらなんでも安すぎでは……無詠唱《むえいしょう》の使い手でしたら、最低でも銀貨四十枚はするでしょう」


賃金を抑えられていた予感はしていたが、思っていた以上かもしれないな。

老人はレーブ、子どもはガルと名乗った。

一晩家に泊めてくれたレーブ老人たちとは翌朝別れた。


彼が書いてくれた紹介状を持って、俺は帝都へとやってきた。

帝都は大きく、栄えていると一目で分かる大都市だった。

王都には行ったことがなかったけど、これくらい栄えているのだろうか。

それに目的地にたどり着くだけでひと苦労なんじゃないだろうか。

〈健脚〉の魔法は人が多い街中で使うもんじゃないし。

そろそろ足に疲労がたまってきているが、もうひと頑張りしよう。

あて先は「帝都・宮廷魔法士ランベルト様」としか書いてない。

宮殿の門に立っている衛兵に見せればいいらしいが……。

宮殿は白を基調とした荘厳で高貴な建物だった。

これが国の権力者が住むところか……王都なんてものに行ったことがなかった俺はまた衝撃を受ける。

あっけに取られている俺に対して、槍を持って立っている甲冑《かっちゅう》姿の兵士たちが不審そうに見ていた。

おっと怪しまれたら紹介状すら見てもらえなくなるかもしれない。

「すみません、紹介状を持ってきたのですが」

「紹介状？　誰からだ？」

思いっきり疑われていそうだが、気づかないふりをする。

「レーブと言えば分かると聞いたのですが」

「レーブ殿から!?」


兵士たちの顔色が変わった。

もしかして、レーブ老人はけっこう有名ですごい人だったんだろうか。


「見せてみろ」

紹介状を渡すと、兵士たちは真剣な面持《おもも》ちで読む。


「ランベルト様あてか……うかがってくるからしばらく待て」


俺は黙って立たされることになった。

兵士たちは不審そうな視線ではなく、好奇の視線を向けてくる。

それでいて何かあれば即座に戦闘に移れる態度を崩さない。

俺が住んでた街の兵士とは天地の開きがあるな。

これだけ見ても、帝国にやってきたのは間違いじゃなさそうだと思う。ランベルトとやらがどんな人物なのかにもよるだろうが、レーブ老人なら変な人を紹介したりはしないだろうという予感はある。

しばらく立ちっぱなしで待っていると、四〇歳くらいの恰幅《かっぷく》の良い男性がやってきた。茶色の髪に緑の瞳に品のある顔立ちをしていて、緑色のローブは上等そうである。そして青色の石を埋めた紫色の立派な杖《つえ》を持っていた。

もしかしなくても相当な地位にある人じゃないか。

「レーブ殿の紹介状にあったオスカー・ルッツというのは貴公かな？」

「はい。私です。初めまして。本日は拝謁《はいえつ》する栄誉をたまわり……」

精いっぱいかしこまってあいさつをすると、苦笑された。

「よいよい。遠いところからお越しになって疲れただろう」

ずいぶんと気さくな人だなと思いつつ、油断はせずに対応する。

「ええ。ここまで歩き詰めでしたから。よい鍛錬になったと思っております」

「歩き詰め？」

ランベルトは何やら驚愕《きょうがく》していた。

「まさかと思うが、王国からか？」

「え、はい」

そんなの当然だろうに、どうしたというのだろうか。

疑問はすぐに氷解した。

「信じられない。なんという体力、なんという根性だ」

なぜだか驚かれている。

「戦士なら分かるが、魔法使いだろ？　とんでもねえ体力じゃね？」

兵士たちもこっちを見て仰天《ぎょうてん》していた。

たしかにしんどかったが、驚くようなことか。

「レーブ殿に推薦《すいせん》されたのもうなずける。生半可な体力、根性の持ち主ではないのだからな」

よく分からないうちにランベルトはずいぶんと好意的になっている。

「ありがとうございます」

正直わけが分からないが、褒《ほ》められていることだけはたしかだったので礼を述べた。

魔法使いとして来たのに、まさか体力を評価される展開になるとは……。

「職を探しているとのことだが、貴公は何ができるのかね？」

ランベルトの質問は難しかった。
何を求められているのか分からないのはつらい。
だが、ここは王国ではないのだ。
もしかすると、できることに応じた仕事をもらえるかもしれない。
少なくとも期待はしてもいいだろう。
無詠唱の価値をちゃんと分かってくれる人もいたことだし。
「一応、いろいろとできるつもりですが、どこで披露すればいいでしょうか?」
さすがにここでやるのはまずいだろう。
ちらりと周囲を見ると、ランベルトはうなずいた。
「うむ。レーブ殿の手紙によると、なんでも無詠唱も使えるとか。素晴らしいことだ」
うん、この人にも理解してもらえる。
ならば安心していいのだろうか。

「無詠唱なんて高等技術ができるなら、もう少しできても不思議ではない。ここは練魔場に行こう」

「練魔場？」

なんだそれと聞き返すと、ランベルトは教えてくれた。

「実戦《じっせん》向け魔法をみがく、魔法使いたちのための施設だよ。特殊な結界が作用しているから、高度な魔法も使える。そこでいい魔法を披露すれば、魔法兵としての採用が決まる」

おお、帝国の魔法兵か。

待遇や地位はよく分からないが、国の兵士になれるのだったらとりあえず衣食住の心配は大丈夫かな。

あ、でも貧乏貴族の士官なんかは収入が少ないのに、自前で装備を整えさせられると愚痴《ぐち》ってた覚えがある。

その不満が、俺たち平民をいびることで発散する形だったのだ。

帝国も同じじゃなかったらいいんだが……。

「こっちだ。ついてきてくれ」

ランベルトの案内に従って歩き出すと、彼は言った。

「まだまだ余裕がありそうだな。大したものだ。貴公のような人材がほしかったところだ」

「どうも」

まだ何もしていないのにやたらと褒められて、少し居心地が悪い。

「ただ、貴公に職を紹介するためには、まず貴公の能力を把握《はあく》しておく必要があるのだよ。すまないね」

「いえ、当然だと思います」

どう見ても地位が高そうな人が、ていねいに応対してくれているのだからなんの不満もない。

この時点で王国とは天地の差がついているからな。

「広いところですね」

俺は錬魔場を見てそう感想を言う。
たっぷり五百人以上は収容できそうななかなか広い場所だった。
観戦席がないことを除けば、王国にある闘技場のようなところである。
中には魔法兵らしき人たちが三十人ほどいて、それぞれ鍛錬していた。
ランベルトの姿を見た全員が硬直して、彼を凝視している。

「続けてくれ」

ランベルトの言葉で兵士たちは鍛錬に戻ったが、ちらちら視線を向けていた。

「ではルッツ。さっそく見せてもらおうか。貴公の杖《つえ》の輝きを」

杖の輝きを見せろというのは、魔法使い用語で「実力を見せろ」である。
この点は王国でも帝国でも変わらないんだな。

「分かりました」

何をやればいいのか。
とりあえず一番強い魔法を見せてみようか。
俺が得意なのは火の魔法だ。
無詠唱《むえいしょう》がせっかく評価されたのだから、無詠唱でやってみよう。

「〈豪炎流星弾《ごうえんりゅうせいだん》〉」

俺は五つの火の玉を作り出す。
目の前に一つ、それを囲うように四つだ。

「おお、上級魔法を無詠唱で！」

ランベルトは緑の目を見開き感嘆《かんたん》する。

「すげえ！　無詠唱で上級魔法だってよ！」

「誰だあいつ、あんなすげえやついたか⁉」

離れた場所でどよめきが起こっていた。

こっそり目撃していた人たちだろう。

火の上級魔法〈豪炎流星弾〉は俺が使える最強の魔法だ。

燃え盛る火の玉を流星のように降らせて、敵にぶつけるのである。

「貴公ほどの魔法使いが無名で隠れていたとはにわかには信じられないが……」

ランベルトはそうつぶやく。

「こういうことができても、王国じゃ相手にされませんでしたから」

事実である。

火の魔法は破壊的だとか、平和な時代に不要だと言って笑われるばかりだった。

「王国はずいぶんと不思議な評価をするものだな」

ランベルトはあきれているようだったので、俺は聞いてみる。

「帝国じゃ評価されますか？」

「もちろん。貴公がどのルートを通ったのかは知らないが、魔物が出る地域はけっこうあるし、強力な魔法使いは抑止力としても期待できる。歓迎させてもらうぞ」

ランベルトは大きく手を開き、にこやかな笑みを浮かべた。

「他には何ができる？」

そう聞かれて少し困る。

攻撃魔法以外にもできることがあると見せておいた方がいいよな。

「具体的な話をしよう。わが国の制度についてどのくらいご存知かな?」

「恥ずかしながらほとんど知りません」

評価システムがこんなにも違うことも知らなかったくらいだからな。

「ふむ。当面貴公に関係がありそうなことを簡潔に言おうか」

ランベルトはそう前置きをしてから説明してくれる。

「大元帥《だいげんすい》の下に魔法元帥という地位がある。その下に十三人の宮廷魔法士がいる。私もその一人だ」

魔法元帥と十三人の宮廷魔法士が事実上帝国のトップクラスだったはずだ。

十三人もいるからややこしいが、最高幹部である。

「宮廷魔法士はそれぞれ魔法兵団を統括《とうかつ》する立場で、簡単に言えば私の兵団に入ってもらいたい。兵団内でのことは入ってから説明させてもらおう」

帝国の魔法兵団か……とりあえず入ってみてもいいだろう。

ランベルトは悪い人じゃないし、俺のことも評価してくれている。

「待遇はどうなりますか？」

「うむ。貴公としては気になるのは無理ないな」

ランベルトはうなずいてから言った。

「予定している俸給《ほうきゅう》は帝国銀貨百五十枚だ」

ファッ!?

一気に俸給が王国の十倍になっただと!?

王国と帝国の銀貨のレートはそれでよかったはず……。

変な声が出そうだったところをどうにか抑えた俺を見て、ランベルトは心苦しそうな顔をする。

「すまないが、初採用時点ではこれが上限なのだ。能力を証明してもらえれば、その都度《つど》俸給があがることは確約する」

まだあがる余地があるだと?

「ということは責任のある地位になりますか?」

でなきゃ払うほうが割に合わないだろうと思うのだが。

「その点は向き不向きを判断してからになる。役職をつけるなら、役職に応じて銀貨を二十枚から四十枚くらいは上乗せさせてもらうが」

役職手当がつくだと!?

「まあ能力がもっと上だと判明すれば俸給は上乗せされる。魔物討伐《とうばつ》依頼がきて、それをこなしてもらえば特別給も出る」

馬鹿な!?

一度決まった俸給が後であがるというのか!?

しかも魔物を討伐するたびに特別給も出るだって!?

帝国はなんとおそろしく、素晴らしい国なんだろう。

「どうした、ルッツ？　何か不満でもあるのか？　すまないが雇用契約を結んだばかりの相手には、出せる俸給の上限があるんだ。結果さえ出せばすぐに変更できるので、少しの間だけ我慢してもらえないだろうか？」

「喜んで」

不満を持っていると誤解されたくはない。

俺は可能なかぎり急いで返事した。

「よかった。貴公ほどの人材、他の国にとられたくないからな」

ありがたいかぎりだ。

「これからよろしくお願いします」

「決断が早くてうれしいな」

ランベルト、いやランベルト様はそう苦笑する。

「だが、住むところはどうするのだ？」

「あっ」

たしかに住むところは何も決めていなかった。

そもそも雇ってもらえるかどうか、分からなかったからな。

「ふむ。寮に入れるように手配をしておいたほうがよさそうだな」

「ありがとうございます」

寮もあるのか。

帝国すげえな。

「いや、貴公にはそれだけの価値がある。陛下にもよい知らせができそうだ」

ランベルト様は満足そうな顔で言った。

俺は俺で満足である。

「人を呼んで案内させよう」

「お忙しいところ、わざわざありがとうございます」

最高幹部クラスだったらおそらくだが忙しいはずなのだ。

レーブ老人の手紙の効力だろう。

「なんの。来てよかったと思える。貴公が帝国に仕えるつもりになってくれたのは、本当にありがたいかぎりだ」

ランベルトは笑った。

俺も彼も非常に満足できる出会いだったと言えそうだ。

# 第二話「魔法兵団の先輩」

ランベルトが手を叩いて兵士を呼ぶ。

「ランベルト様、お呼びでしょうか」

敬礼する兵士に何か話すと、兵士は駆け足で去っていく。
そしてほどなくして桃色の髪の女性を連れて戻ってくる。
女性は二十歳《はたち》前後で青い帽子とローブ、白い杖《つえ》を持っていて、メガネをかけたなかなかの美人だ。

「フィナ、今日採用したオスカー・ルッツだ。ルッツ、今日君の案内役を担当するフィナ・ミユラーだ。仲良くしたまえ」

「初めまして、フィナです」

フィナと呼ばれた女性はにこりと愛想よく微笑《ほほえ》む。

「オスカー・ルッツです」

不器用な笑みを返す。
王国では女性とは縁がなかった。

「ランベルト様がじきじきに足を運ばれて、その日のうちに採用が決まったのだから相当優秀なのでしょうね」

フィナは愛想のよい微笑を浮かべながら、ちらりとランベルト様を見る。

「彼は将来の隊長候補として考えているからそのつもりで」

「まあ！」

目を丸くして口に手を当てたフィナを残し、ランベルト様は戻っていった。

二人になったところで彼女はおそるおそる聞いてくる。

「あなたはどこの出身なのですか？」

「王国の東部のイースター地方です」

「あら、王国の方だったのですね」

意外そうな反応をされた。

王国人が帝国に来るのはけっこう珍しいのだろうか。

「ではこのあたりのことは何もご存じではないのですね？」

「はい」

「分かりました。簡単にですが、案内いたしましょう」

フィナはにこりと笑う。

「ありがとうございます。お手数おかけします」

「いえいえ。新人の面倒を見るのもお仕事ですから」

彼女は優しかった。

まあもらっている俸給《ほうきゅう》を考えれば、新人に優しくできるのも理解はできる。

「案内する前にまずうかがいたいのですが、兵団のことはどの程度ランベルト様からお聞きになりましたか？」

「雇用条件だけですね」

家はどうするのかという話はまったくしていない。

そもそもいつから勤務するのかという点も、業務内容についても謎だった。

そう告げるとフィナは苦笑する。

「おそらくルッツ殿と契約をかわすのに必死で、他のことに気が回らなかったのでしょう。それだけ期待の逸材《いつざい》なのでしょうね。一緒に働ける日が楽しみです」

ランベルト様のことをフォローしていた。

「職位などはどうなっているのでしょう？」

兵団ならばなんらかの地位で分かれるはずである。

「ああ。団長の下にだいたい二〇〇人の魔法兵がいます」

だいたい中隊規模ってことかな。

「隊長は三人います。隊長たちの下に分隊長が五人つきます」

一個小隊五十人くらい、十人くらいで分隊ってところは王国と同じか？

「分隊長の下に部下が十人くらいいる感じですか?」

「だいたいはその通りですね。王国でも似たような制度がありましたか?」

「はい」

フィナの方も予想はしていたのだろう。

特に驚きはない。

「理解が早くて助かります。頼もしい僚友になっていただけそうですね」

王国と同じ制度だったからな。

こっちとしても早めになじめそうなのはありがたい。

「俺は兵士として採用されたと思うのですが……」

自信がないのはやたらと俸給が高いからだ。

一兵卒《いっぺいそつ》にしてはもらいすぎな気がするんだよな。

「ああ。特別兵という枠《わく》があります。指揮官ではないのですが、特別な能力を持つ者は命令に従う立場でありながら、俸給は高いのですよ」


何を言おうとしたのか察知したフィナが説明してくれる。

特別な能力があればそれだけで厚遇される制度であるらしい。

「つかぬことをうかがいますが、魔法兵団の平均的な俸給はいくらくらいですか？」

「能力や経験にもよりますが、銀貨三十枚くらいですね」


俺の俸給、平均の五倍だった。

ずいぶんと高い評価を受けたものだなあ。

もっともそれでも王国時代の二倍くらいだが。


「そうでしたか」

「ルッツ殿はどのような技能をお持ちなのか、うかがってもよろしいですか？」

フィナは好奇心を抑え切れないという顔で聞いてくる。

隠すことでもないし、そのうち分かるだろうから言ってもいいか。

「ランベルト様に評価していただいたのは、無詠唱《むえいしょう》で〈豪炎流星弾《ごうえんりゅうせいだん》〉を使ったところでしょうね」

「えええっ！　〈豪炎流星弾〉なんて上級魔法を無詠唱で!?　すごいじゃないですか!?」

フィナは驚きのあまり叫ぶ。

「そんな人、王国はよく手放す気になりましたね」

「王国は出自が大事なんですよ。平民はどれだけ頑張っても『努力が足りない』と笑われる立場でして」

「うわあ……」

フィナはドン引きしている。

そうか、帝国人から見ても王国のやり方はおかしいのか。

見限ってこっちに来て正解だったな。

「そりゃ身分で決まる場合だって帝国にもありますが……実力ある人が出世できない制度なんて作ってどうするんでしょう？」

「さあ？」

王国の上層部の考えることなんてよく分からない。

王族は王族というだけで偉く、貴族は王族の次に偉いと生まれながらに決まっている。

平民はずっと平民で低層に固定だし、どうしてかと言うと「平民は貴族と比べて努力をしないから」だ。

「いずれにせよルッツ殿に来ていただいてうれしいです。教えを乞《こ》いたいくらいですわ」

気を取り直してフィナが微笑む。

「兵団のメンバー同士で教えあったりするものなのですか？」

「ええ。我々は戦友ですから。切磋琢磨《せっさたくま》していきましょう。ただ、私がルッツ殿に教えられることがあればいいのですが……」

フィナは自信なさそうに表情をくもらせた。

「兵団のことや、この都市のことをいろいろと教えていただければと思いますが」

すると、フィナはくすくすと笑う。

「魔法使いとしてですよ。私、無詠唱魔法なんて使えませんから。ルッツ殿の方が格段に素晴らしい実力をお持ちなのです。見習わなければなりません」

言い方はやわらかいが、ずいぶんと向上心を持っているようだ。

この意識の高さは好ましいな。

「兵団についてはまたお教えしましょう。そろそろ宿舎に案内いたしますね。兵団なら無料で宿舎に住めるのですよ」

家賃が無料なのはありがたいなあ。
こういうところでも王国とは差が大きい。

「こちらです」

フィナに従って歩いていく。
宮殿から徒歩で十五分ほどすぎると、白い五階建ての建物が見えてきた。
「あれがわがダリア魔法兵団の宿舎、男性寮になります」
「おお、立派な建物ですね」

特権的なものを持っていそうな荘厳な雰囲気《ふんいき》を放っている。

「詳しい規則は寮監《りょうかん》を務める方にお聞きになるとよいでしょう。朝食と夕食は無料で提供されます。昼食だけは自分でなんとかしてください」

ふむふむ。

一日二食も提供されるなんてすごいな。

「ところで俺の出勤日っていつからか分かりますか？」

「特に何も言われなかった場合、明日からになると思いますが。……ランベルト様、その辺何もおっしゃらなかったのですか」

フィナが目を丸くしながら質問してきたので、こくりとうなずく。

「どれだけ浮かれていたのでしょうか。ルッツ殿が期待の逸材《いつざい》だというのは分かりますが」

彼女はそっと嘆息《たんそく》する。

ランベルト様、俺を獲得できた喜びのあまり、情報伝達を忘れていたってことなのか？

上に立つ者としてどうなんだっていう思う反面、悪い気はしないな。

なんとか期待に応えたい。

「明日からですか。どこに行けばいいのでしょう？」

「……そこからですか」

フィナはとうとう頭を抱えてしまった。

「明日でしたら私も出勤日ですので、一緒に行きましょう」

「何から何までお世話になります」

ぺこりと頭を下げる。

新人の面倒を見るのも仕事のうちと言ってくれたが、仕事に慣れたころに一杯おごるくらいはしておきたい。

さしあたっての疑問はまだ一つ残っているので、この流れに乗っかって聞いておこう。

「職員証のようなものはないですか？」

「ありますが、さすがに今日の今日で発行できないと思いますよ」

フィナは微笑《ほほえ》みながら教えてくれる。

これはランベルト様のうっかりじゃなかったか。

うん、職員証はそんな急に作れるものじゃないというのは納得できる答えだ。

だからこそ明日から来いと言われたのが意外だったんだから。

「明日にはできあがるでしょうから、勤務の終わりにでも受け取りに行くとよいでしょう」

ふむふむ。

「今日の夕食ってさすがに支給されないですよね？」

「そうですね……」

フィナは初めて言いよどむ。

「なんなら問い合わせてみましょう。私が同行します」

「いや、そこまでしていただくわけには……」

自分のことは自分でしないとな。

そう思っていると、不思議そうな顔で見つめられる。

「ルッツ殿の顔、まだ私とランベルト様しか知らないわけですから、引き合わせる人間が必要になると思いますが。おそらく現段階では人が新しく雇われたと伝わっていないでしょうし」

正論だった。

どう考えてもフィナの指摘の方が正しいと思う。

「分かりました。最後までお世話になります」

「ルッツ殿、面白い方ですね。実力があるのに謙虚ですし」

と褒《ほ》めてもらえたが、俺は果たして帝国においてどの程度の力があるのだろうか。ちょっと気になるな。

今ここでフィナの実力をたしかめるわけにもいかないから、後日となるだろうが。

フィナに連れられて寮に入り、一階の食堂までやってきた。

一度に数十人も食べられるようにということからか、かなり広かった。

「ごめんくださーい」

フィナがよく通る声で呼びかけると、四十代の男性が顔を見せる。

「あん？　おや、フィナさんじゃないか。どうしたんだい。こんな時間にこんなところに来て」

「こちらにいらっしゃるオスカー・ルッツ殿が本日ランベルト様のダリア魔法兵団に採用され、寮に入るとのことですので案内してきました」

「なんだって？　ずいぶんと急だな。つまりずば抜けて優秀ってわけか」

男性はそう言った。

驚いたのは一瞬だけなので、もしかして似たような例があったのかもしれない。

「そうですね。将来の隊長候補だそうですよ」

フィナがそう言うと、男性はあんぐりと口を開ける。

「入団する段階で隊長候補って、どこのスーパーエリート様だよ……」

「将来が非常に期待されている方なのは確実ですね」

フィナと男性のやり取りにすぐにはついていけなかった。

王国でうだつのあがらない暮らしをしていたのに、帝国に来たとたんいきなり将来有望なスーパーエリートになるとは……。

「俺はジョンってもんだ。よろしくな、スーパーエリート殿」

「はあ。俺はルッツですよろしく」

ごつごつした手と握手をかわす。

「気取ったところがないんだな。見直したぜ」

「俺、王国人なんで……まだ勝手が分からないんですよ」

さっさとばらして、できれば相談に乗ってもらいたかった。

「へえ、そうなんだ。どうりで公用語の発音が、聞き慣れないわけだ」

ジョンと名乗った男は納得したらしい。

「分からんことがあったら俺に聞いてくれていいぜ。フィナさんにでもいいけど、男性寮についてはさすがに詳しくないだろうからな」

もっともである。

だからこそ男性の相談相手がほしかったのだ。

「じゃあ私はこれで……」

フィナは肩の荷が下りたとばかりに言った。

「よかったらお茶でもおごりますよ」

せめてもの礼をと思って声を掛けると、彼女は目を丸くする。

「あら、優しいのですね。素敵な紳士が同僚になるものだわ。でも、今日はこのあと予定があるのです。ごめんなさい」

彼女はにこやかに褒めつつ断ってきた。

無理強《むりじ》いできるものではないので、手を振って別れを告げる。

# 第三話「魔法兵団の兵舎」

二人になったところでさっそくジョンに話しかける。

「ところで寮監《りょうかん》って誰なんでしょう？　顔合わせしておきたいのですが」

フィナが去ったのは、ジョンに頼めということだろうと解釈した。

「ああ、そりゃ俺だよ。食堂のコック兼寮監をやっている」

驚きの回答に思わず目を丸くする。

「はは、よく驚かれるんだぜ」

ジョンは気にしたそぶりもなく笑う。

ジョンに寮監に会わせてもらえという意味じゃなくて、ジョンこそが寮監だったのか。

「部屋は一つ空《あ》きがある。ここの寮で暮らしているのは全員ダリア魔法兵団のメンバーだから、積極的に話しかけるといいぞ」

ああ、そういう割り振りなのか。

しかし、知らない人間に積極的に話しかけるのには勇気がいるな。

俺はもともと社交的じゃないし、どうすればいいんだろう。

それはさておき、先に聞いておきたいことがあった。

「今日の晩飯はどうすればいいですか？」

本当なら俺の分は用意されていないはずである。

そうなると近所で調達するしかないわけだが、どこかおススメの店とかないだろうか。

「ああ。今日は俺の奢《おご》りでいいぜ。祝いだ」

「え、本当ですか?」

目を丸くすると、ジョンはニヤッと白い歯を見せる。

「おう。スーパーエリート様の活躍、これから楽しみにさせてもらうぜ!」

「それはやめてください」

なんだか気恥ずかしい。

「冗談はさておき、飯の時に簡単に顔合わせをしておいた方がいいと思うぜ。気のいい奴らが多いからよ。もっとも全員寮で飯を食うわけじゃないし、時間もバラバラだったりするがな」

そりゃそうか。

俺にしてみれば黙ってりゃ食事が出てくるのはありがたいと思うが、全員がそれを好むとはかぎらない。

「分かりました。ご飯は何時ごろでしょう？」

「七の時に来ればいいさ。それまでは部屋でくつろいでな」

「はい」

と言ったものの、まだまだ知らないことばかりである。

「湯浴みってどうやればいいんですか？」

「風呂がついてるから、夜の六の時から朝の六の時までなら自由に入っていいぜ」

風呂が寮についているだと？

王国だと貴族の道楽だったのに……いくら魔法兵団が重要戦力だとしてもにわかには信じられない。

帝国って実はかなり恐ろしい国なんじゃないか？

「今日風呂に入るつもりなら、食堂で誰かと顔合わせしてそいつと一緒に入るのがいいぜ。ないとは思うが、侵入者と誤解される可能性がゼロってわけじゃないからな」

風呂に入るために魔法兵団の寮に不法侵入する奴……絶対にいないとは言い切れないか。

風呂とはそれだけぜいたくな設備なのだから。

「そうします。俺の部屋ってどこですか？」

「五階の二十五号室だ。階段をあがって廊下《ろうか》をまっすぐ進んだ突き当たりの部屋だな」

一番上の一番端があいていたってわけか。

「ちょっと待ってな」

ジョンは奥に引っ込むと部屋のカギを持ってきてくれた。

「一応すぐに人が入れるようにしてあるが、シーツと枕と布団は後で俺が持っていこう。部屋の備品は最低限しかないから、足りないものがあれば自分で調達してくれ」

まあ無料で住めるんだからワガママは言えないな。

寝具がちゃんと支給されるだけでもありがたい。

階段をのぼり、一番奥の部屋に行く。

廊下はけっこう広いし、内装も気のせいか割と上等な感じだな。

王国の自宅や安宿よりもよっぽど豪華だと思う。


「金の使い方が違うんだな」


と思わずつぶやいたくらい、差を実感させられる。

そもそも帝国の方が金はあったりするのか……？

何も知らないな、このあたり。

部屋はというと、六坪《つぼ》くらいはありそうな広さだ。

ジョンが言っていたように清潔さは保たれている。

カーテンもあるし、机も椅子《いす》もタンスもあった。

貴重品を入れる金庫も用意されているし、壁と天井には魔力ランプが設置されているし、問題なく使える。

「けっこう揃《そろ》ってないか？」

またしても言葉が漏《も》れてしまった。

自分で設備を調達しろって言われたからカーテンやランプから買わなきゃいけないのかと思ったが、別にそんなことはなさそうだ。

俺が持っているのは最低限の着替えだけである。

服や私物はこれから増やしていく必要があるんだろうけど、現状不満は何もなかった。

窓の外をながめると、帝都の街並みが見えて悪くない。

簡素で貧弱だった故郷のものとは違い、帝都の建物は華やかだ。

本当に新天地にやってきたのだなとしみじみと思う。

「服や下着は買わないとな」

当面の目標はそれだ。

それから時計はあった方がいいな。

帝国の都市じゃ一時間ごとに大きな鐘が鳴り響くので、時間が分からなくなる心配はいらないのだが。

明日、勤務が終わってから買いに行ってみようか。

どのあたりにどんな店があるのか、できれば早めに把握《はあく》しておきたいしな。

今日は夕飯まで何もすることがない。

何もないっていうのはいいものだな。

解放された感じがする。


「ふわー」

気が抜けたら、なんだかあくびが出る。

「疲れが出てきたのかな？」

自覚がなく、首をかしげた。

時間はまだあるわけだから、ひと眠りするとしようか。

歩き詰めだったから疲れがたまっていてもおかしくはない。

考えてみればこんな時間帯に仮眠をとるなんて、もう長いこと経験していない。


「いったいいつ以来になるんだ？」


ついつい独り言を口にしてしまう。

少なくとも働きはじめる前までさかのぼる必要があるだろう。

明日から働きはじめればまた忙しくなるだろうから、今日だけでも眠れる幸せを楽しむとしよう。

そうしてすぐに眠り、目覚めたのは夕方だった。

ちょうど鐘の音が七回聞こえたので、最高にいいタイミングで目覚めたといえる。

体を起こすと頭がすっきりしていた。


「んー」

すがすがしい気持ちで大きく背伸びをする。

やっぱり疲れがたまっていたのだろう。

さて夕飯と顔合わせに行こう。

そろそろ時間が来たと判断したので俺は下に降りていった。

途中誰とも顔を合わせなかったが、食堂につくと六十人くらいが座っていた。

「あれ？」

「見慣れない顔だな」

そういうやりとりが生まれる。

この人数だからこっそり混ざれば分からないんじゃないかと思っていたが、甘かったらしい。

「あいつが例の新入りか？」

「たぶんな」

あっさり特定される。

なるほど、みんな少し前に集まっているのか。

視線が集まってくる。

そのタイミングを見計らってジョンが声を出した。


「おー、来たか。こいつは新入りでルッツという。明日からダリア魔法兵団で働くそうだ」

「新人？」

「お前、何か聞いていたか？」

「いいや、まったく」


ジョンの説明にざわめきが起こる。

あれっ、知っている人の反応があったんだけどな？

どうやら知っている人と何も知らない人がいたらしい。

後者は何も知らないうちにいきなり人が増えたものだから、とまどっているようだ。

気持ちはとてもよく分かる。


「ルッツ、簡単にだが自己紹介をしてくれ」

ジョンは無茶ぶりをしてきた。

この空気の中でか……と思うと、みんな黙ってこっちに注目してくれる。

こういうところはすごいな。

「初めまして。オスカー・ルッツです。王国からやってきました。今日からこの寮でお世話になります」

ぺこりと頭を下げると、みんな拍手してくれた。

ここで因縁《いんねん》をつける人がいないあたり、王国とは違ってマナーがいいな。

「ルッツ、せっかくだから得意な魔法を見せてくれよ。その方が魔法使いとしての自己紹介になるだろ？」

ジョンに言われてなるほどと思った。

魔法兵団に入るんだから、どういう魔法使いなのかを知ってもらうというのはいいアイデアだな。

「自己紹介になりそうな特徴的な魔法か」

特徴的といえば無詠唱《むえいしょう》魔法になるのだろうが、さすがにここで〈豪炎流星弾〉を使うわけにはいかない。

制御に自信はあるけど、万が一のことを考えた方がいいだろうし、屋内で火の魔法を使うのは印象がよくない可能性だってある。

できれば攻撃以外にも使える魔法がいいな。

でも魔法使いたちだから感知はしてくれるんだろうけど、あまり地味すぎる魔法も避けたいところだ。

少し悩んだ末、俺は水の魔法を選択する。

何をしているのか分かりやすいし、火の魔法と比べて殺傷力はひかえめだ。

「〈水球《すいきゅう》〉」

水の魔法〈水球〉は難易度が低いが、防御・攻撃の両方に使うことができる。

見た目も俺の頭くらいの水の球を二つ浮かべるわけだから、悪くはないだろう。

「えっ？」

「〈水球〉は帝国にもある魔法だとして、詠唱はどうした⁉」

さっそく魔法使いたちから驚きの声があがった。

「ま、まさか無詠唱⁉」

「無詠唱だって⁉」

声が大きくなっていく。

ランベルト様の反応から驚いてもらえそうだとは思っていたが、思っていた以上に驚きが多い。

「すごいな。これがいきなり隊長候補になった男の実力か」

ジョンまでもが目を丸くしていた。

あれ、無詠唱で魔法が使えるって言ってなかったっけ？


「隊長候補!?」

「入ってきていきなりか!?」

「しかも王国人が!?」


やっぱり帝国の人たちは愕然《がくぜん》としている。

そりゃそうだよな。

ここからどんな反応をするんだろう。

少しだけ不安になった。


「でもよ、無詠唱なんて高等技術が使えるんだったら当然じゃないか？」

「うちは実力主義だからな」

「ルッツだっけ？　知らないな。なんで今まで無名だったんだよ？」

どうやら心配は杞憂《きゆう》に終わりそうだった。

俺が隊長候補なのは「実力的に当然」と誰もが口をそろえている。

新人でしかも異国人なのにこの反応……王国とは雲泥《うんでい》の差だな。

「みんな驚いているな」

ジョンが俺のそばにやってくる。

「だが、お前がいい奴で帝国のために働くなら、きっと上手《うま》くやっていけるだろう」

「ありがとうございます」

彼なりに俺がみんなに受け入れられるように、と配慮《はいりょ》してくれているのだろう。

そう思えば自然と感謝の言葉が出てくる。

「ふっ、いいってことさ。お前はもう俺たちの仲間なんだからな」

ジョンが白い歯を見せると、歓迎の言葉が次々にきた。


「そうだぜ、よろしくな、ルッツ！」

「すげえ奴だな、ルッツ！」

「無詠唱ができる奴なんてめったにいないんだぜ！」


笑顔で手を差し出してくる奴らと握手をかわしていく。


「分からないことがあったら俺たちに聞いてくれよ！」

「かわりに無詠唱を教えてくれ！」

「王国の話とかも聞かせてくれよ！」

「帝国の話なら俺たちでもできるからよ！」


全員が俺を歓迎してくれていることが伝わってきて、胸が熱くなる。

歓迎会ってこういうものもあるんだな。

言いたくもないことを言わされ、やりたくもないことをやらされ、飲めない酒を飲めと言われる悪いイメージが吹き飛ぶ。

　帝国は根本的に王国とは違うのだなと思う。

「ルッツは空《あ》いてる席に座ってくれ。歓迎会といってもあまりにも突然だったからな。出してる料理はいつも通りですまないが」

　とジョンは言うが、これは彼のせいではない。

　今日来て今日採用されて今日寮に入ることが決まるっていう、冷静に文章にすれば尋常《じんじょう》じゃない展開なのだ。

　ついていけなくても当然だろう。

　もしかしてだまされているんじゃないかという気持ちが多少はある。

　本日のメニューはやわらかい白パンにローストされた鶏肉、あとは野菜スープだった。

「美味《うま》そう」

　思わず声が漏《も》れる。

周囲から笑い声が聞こえた。

王国ではおなじみの、人を馬鹿にするものじゃない。

好意的なものだった。


「美味いぜ、ジョンの料理はよ」

「ここの兵団に入ってよかったと思う理由の一つだぜ」


先輩たちはそう言う。

凝《こ》ったものはないが、栄養をしっかり摂《と》れというメッセージが伝わってきそうな内容である。

これだけしっかりしていると、食い物目当てで兵士になる人だって出てくるんじゃないだろうかと思うほどだ。


「なるほど、分かります」


俺は本気で言ってうなずいた。

王国の兵士に支給される食事がいいという話は聞いたことがないので、ここでも帝国との差が出ているな。

「世辞《せじ》はいいからさっさと食え」

ジョンはそう言う。

照れたような顔をしている。

「いただきます」

と言ってから食べてみた。

味は普通に美味かった。

「今日は歓迎会だからな。よかったらやるよ」

と言って肉の切り身やパンをくれる人が多いのにも驚きである。

満たされているんだなーと思わざるを得なかった。

王国じゃありえないからだ。

「美味い」

「本当に美味そうに食うな」

ジョンは感心するというよりあきれたようである。

「だって本当に美味いし」

心からの賛辞だった。

「そうか。毎日たらふく食えよ」

ジョンはそう言って引っ込む。

お言葉に甘えることにしよう。

# 第四話「初めての出勤」

風呂を使った後ベッドに横になると、まだ疲れが残っていたのか熟睡できた。
朝起きて、ご飯を食べていよいよ初出勤である。

「じゃあな、ルッツ」

と寮のみんなと別れる。
意外とみんな声を掛けてくれて、ありがたいかぎりだ。
フィナが迎えに来てくれるらしいので、俺はそれまで待機だ。
軍服なんかはまだ支給されていないから、持ってきてある着替えを適当に着よう。
まずかったら指摘があるだろう。
昨日一日で帝国人は気さくで親切な人が多いという印象になっていた。

勤務形態は聞いたかぎりだと、日勤（朝から夜まで）と夜勤（夜から朝まで）があり、日勤は九の時からだという。

「つまり八の時と半時くらいに寮の前で待っていればいいのか？」

と結論を出す。

それならフィナを待たせる可能性は低いだろうと考えた。

少し待っていると青い帽子とローブ、白い杖《つえ》を持った桃色の髪のメガネをかけた美女の姿が見える。

彼女はこちらに気づくと早歩きでやってきた。

「ごめんなさい。お待たせしてしまって！」

水色の瞳には焦りが見えたので、否定しておく。

「いえ、今来たところなのですよ。待ち合わせ時間が決まっていなかったので、早めに来れば間違いないだろうと」

もっと遅いとフィナを待たせることになっていただろうから、予想は正しかったといえる。

「私もランベルト様のことをいえない失態でした」

フィナは頬《ほお》を染めて恥じ入った。

帝国人ってけっこうゆるいのかなと思ったが、別にそんなこともなさそうだ。

やっぱり急な人事が原因で混乱したと見るべきだろう。

それなのに誰もその点について言及しようとしないのは、人材に対する意識が高いと賞賛できる。

貴族以外は人間扱いすらしなかった王国ときたら……。

「大変ですよねというしかないですね。俺だってフィナさんの立場だったらと思うと、上手《うま》くできる自信はありませんよ」

気にしていないし心中お察しすると言うと、彼女はホッとした。

「ありがとうございます。ルッツ殿が器《うつわ》の大きなお方で幸いでした。ランベルト様は見る目がありますね」

「はあ」

これくらいのことで器がデカいと言われてもなと思ったが、いちいち否定すると話が進まない気がするので受け流す。

「今日は服の支給などはあるのでしょうか？」

「ええ。といっても帽子とローブくらいですが」

フィナの返答を聞いて、納得する。

魔法使いだし、上等なローブなら暑さにも寒さにも強いものだ。

さすがに支給されるのが一着だけということはないだろうが。

「杖はどこで入手すればいいですか？」

杖は王国時代では持っていなかった。

持っていた方がずっと魔法が使いやすいんだけどな。

「杖？　ああ、そういえばルッツ殿は杖をお持ちではなかったのですね！」

フィナは何かに気づいたように叫ぶ。

「そうですが……？」

無詠唱《むえいしょう》で魔法使ったのに、気づかれてなかったのか。

「杖なしで無詠唱だなんて、信じられない！　あまりにもすごすぎて、誰も気づかなかった？」

フィナは目を丸くして早口にまくし立てる。

「いえ、ランベルト様だけは気づいていた。だからあんなに慌てていたのね」

ああ、たしかに魔法を使う際は杖があるかどうかで難易度は変わるな。

杖なしでやったのがそれだけ驚きだったのか？

「恐ろしい人を獲得したものだわ」

フィナはつぶやいてから俺に話しかける。

「では行きましょう。たぶんだけど、私たちの勤務地も何も教わっていないですよね？」

「はい」

だからフィナの後をついてくしかないのだ。

フィナが案内してくれたのは宮殿ではなく、宮殿から離れた位置にある青色の三階建ての大きな建物だった。

「ここがダリア魔法兵団の詰め所というべきところです。出勤している者は何もないかぎり、ここで待機しています」

「何もないかぎり？」

「ええ。魔物の討伐《とうばつ》に赴《おもむ》いたりするのですよ」

なるほどな。

魔物の討伐も魔法兵団の仕事のうちか。

帝都に駐屯《ちゅうとん》している精鋭という位置づけだったりするのだろうか。

「ランベルト様はまだいらっしゃっていないでしょうが、他の者は出勤しはじめているでしょう。寮住まいの男性とは顔を合わせたかもしれませんが、それ以外の男性や女性はまだでしょう？」

「そうですね」

会えたのは寮に入っている男性の何割か、というとより正確になるだろう。

夜勤もあるなら、昨夜が勤務時間だった人たちとは当然知り合うチャンスはない。

昨夜と今朝の様子を考えればなんとかやっていけそうである。

「いかがでしたか？　兵団の者と話した感想は？」

道中、フィナに聞かれた。

「みんな気さくで親切ですね。やっていけそうだと安心しました」

そう言ったのは本音である。

もっと早く来ればよかったとすら思う。

「そうでしたか」

フィナは安心したようだ。

やってきた門の前に立っているのは兵士だろうが、ローブを着てなくて魔法使いっぽくない。

どういう関係なんだろう。

フィナを見て敬礼して、俺の方に怪訝《けげん》そうな視線を向けてくる。

「今日から入るオスカー・ルッツ殿です」

「はっ」

兵士たちは俺の顔を覚えようとしているようだった。

衛兵か何かで魔法兵団の兵士ではなさそうである。

「さ、ルッツ殿」

フィナにうながされて建物に入った。

中は質実剛健《しつじつごうけん》という感じで華やかさとは無縁である。

「簡単にいえば一階が待機所、二階が鍛錬所、三階が研究所ですね」

ざっくりしすぎじゃないかと思うが、分かりやすくはあった。

「ランベルト様がいらっしゃれば、一階であいさつすると思います。その時に色々と説明があるでしょう」

「本当にありがとうございます」

親切に教えてくれるフィナに改めて礼を言うと、彼女は笑う。

「いえいえ、ルッツ殿は初日で何もご存じないのですから、私たちが手助けするのは当然のこと。何か疑問があればお気軽にご相談くださいね」

まるで慈愛《じあい》の女神のような発言である。

これがカルチャーショック（文化の違い）というやつだろうか。

「お茶でも淹《い》れましょうか」

「いや、それくらい自分でやりますよ」

そこまで世話になるのはさすがに申し訳ない。

そう思ったのだが、フィナは笑う。

「ルッツ殿はどこに何があるかまだご存じではないでしょう。覚えた時にでもお返しに淹れてください」

彼女はそう言って、ドアの向こうに姿を消してほどなくしてガラスのコップを手に戻ってくる。

「どうぞ」

「いいんですか？」

「まだ時間はありますしね」

フィナがそう言うので、俺は言葉に甘えることにする。

お茶はよく冷えていて美味《うま》い。

飲み終えてカップをしまった後、フィナは一階の待機室に連れてきてくれた。

広い部屋に四十人くらいが座っている。


「お疲れ様です」

「お疲れ様。あれ、少し早い？」

フィナにあいさつを返された人たちは、怪訝そうな顔をして時計を見た。

室内にある時計は、よく見る三十分刻みのものではなく、一分刻みの高級品のようだ。

「新たに入団したので先にあいさつだけでもと。オスカー・ルッツ殿です」

「初めまして」

代表して一人が答えて、残りはちらりと視線を向けただけにとどまる。

「話には聞いていると思いますが」

「ああ。昨日大慌てでランベルト様がいらっしゃって」

そう答えてから彼はこっちに目を向けた。

「君がオスカー・ルッツか。私は団長補佐、二隊隊長のパウル・グルーグだ」

「初めまして、よろしくお願いします」

「うむ」

パウルはしげしげと俺を見つめる。

「ふむ。いい感じに練《ね》りこまれた魔力だな。なかなかの力の持ち主と見受けられる」

「ありがとうございます」

褒《ほ》められたので礼を言った。

「私は今日日勤だからな。さっそく君の力を見せてもらおう。ランベルト様が早くも隊長候補とおっしゃったのが楽しみだ」

「精いっぱい頑張ります」

ずっと持ち上げられてきた結果、少しプレッシャーになる。

どうやら俺は知らないうちに帝国で評価されるようなことをやっていたのだが。

「君の配属は第二隊で私の部下となる。分隊長はフィナ・ミュラーだ」

「……へ？」

隣にたたずむ美女を見る。

「改めて、当面あなたの上司になるフィナです。よろしくお願いしますね」

「こちらこそよろしくお願いします」

今の自分は、さぞまぬけな顔をしているに違いない、と思いつつ頭を下げた。

やけに親切だ。こんなに親切な女性がいるなんてと思っていたが、なんてことはない。

フィナは新しい自分の部下の面倒を見ていただけだ。

「男性の新人に女性の案内役をつけるなんてけしからん、なんて思っていたのですか？」

フィナはからかうような笑みを浮かべて言ってくる。

「すみませんでした」

そんな気は全くなかったのだが、解釈次第ではフィナへの侮辱《ぶじょく》になってしまう。

「いいんですよ。この手のことに不満か疑問を感じたら、その都度《つど》教えてください。そのほうがお互い気持ちよく働けます」

「ありがとうございます」

さすが分隊長だ、フォローが上手だ。

「ランベルト様がいらっしゃったら朝礼がはじまる。その前に、君の魔法使いとしてしての適性をいろいろと調べさせてもらう」

魔法兵となったのだから、何ができるのか教えるのは当然だな。

どんなふうに使われるかは上官次第だが、能力手当てがつくなら隠さなくていいだろう。

王国ではできることが多いと仕事は増えるものの、俸給はまったく増えないし悲しい仕組みだったので隠すべきだったが。

「そのうえで配置を決める。配置は警備兵か討伐《とうばつ》兵に分けられる。警備兵は都市の警備が主任務で、討伐兵は魔物討伐が主任務となる」

当然求められることは違うんだろうな。

「警備だと敵を無力化することや防御に長《た》けていることが望ましく、討伐だと魔物への対応力が求められると感じましたが？」

「ほう。理解が早い。他にもあるが、簡単に言えばそうなるだろうな」

パウル隊長は褒めてくれる。

よく褒めてくれるなんていいな。

こんな上司のもとで働くのはうれしい。

「ちなみにルッツよ。君は王国ではどんな仕事をしていたのかな？　参考までに聞かせてほしい」

できれば思い出したくないのだが、自分の経歴をアピールするチャンスだと思えば話したほうがいいだろうな。

「王国ではいろいろとやってました。魔物探知、アイテム鑑定、アイテム作成、支援魔法から攻撃魔法も。治療系はさすがに専門外ですが」

治療系は専門職が他にいる。

「なんと」

「まあ」

パウルとフィナは目を丸くしたり、口に手を当てて驚きをあらわした。

「それだけ仕事を任せられたのなら、やりがいがあったのでは……？」

フィナが疑問を口にすると、パウルも言う。

「どうして辞めたのか聞いてもいいかね？」

「基本給が王国銀貨で十枚、時間外手当と能力手当がなかったからです」

すぐ答えると二人は絶句していた。

「信じられん。それでは有能な人材を使いつぶしてしまうじゃないか」

「ひどい」

たまっていた暗い気持ちの一部を二人が代弁してくれて、少し心が楽になる。

「君が見限ったのは当然だ」
「ええ。それでよくぞ帝国に来てくださいました」

パウルは同情し、納得してくれた。
フィナは笑顔で歓迎してくれた。
来てよかったと俺も思っている。
やがて時間がきて、ランベルト様がやってきて朝礼がはじまった。
場所は三階の大きな広場で、一〇〇人くらいが並ぶ。

「今日もはげんでくれ」

と一言であいさつがすんでしまったのは拍子抜けだ。
次は俺が紹介される。

「今日から入るオスカー・ルッツだ」

「よろしくお願いします」

短いあいさつで拍手をもらえたのはよかった。

王国だと根掘り葉掘りといっていいような質問がねちっこく飛んできたからな。

俺がどうなるのか説明はないところをみると、隊員たちは流れを知っているのだろう。

「夜勤組は解散。日勤組は仕事に向かってほしい。ルッツとミュラーはここに残っていろ」

四人だけになった後、さっそくパウルから指示がくる。

「それではルッツの力を見ていきましょう。無詠唱を使えるのは知っているが、それ以外の能力をな」

簡単には説明したけど、それは何がどれくらい使えるのか知りたいということだ。

「魔物鑑定やアイテム鑑定はどうしますか？　現物がないと難しいと思いますが」

「ああ。それは後回しでかまわない。今見たいのは攻撃魔法と支援魔法だな」

「分かりました」

幸い一回ずつ発動させるなら全部使ったとしても魔力はもつだろう。

「〈流《なが》る清水《せいすい》〉」

使ったのは清らかな水を作り出す魔法だ。

たいていの汚れを洗い流し、いざという時は飲み水の代用にもなる。

『遠征』に行く時に重宝《ちょうほう》する魔法の一つだ。

「〈静寂〉」

次に使ったのは自分の物音を消す魔法である。

やはり『遠征』には欠かせないものだ。

「うむ。魔物と戦ううえでは欲しい魔法だ」

「さすがだな」

ランベルト様とパウルは満足そうだ。

「〈足跡の記録〉」

それからは自分がたどってどこを通ったのか記録する魔法も必須《ひっす》だろう。

斥候《せっこう》担当の兵士がマッピングと呼ぶ行為を代用できる。

「〈守りの風〉」

戦いになると防御系支援魔法が大切だ。

魔法使いは基本紙装甲だ。

凶悪な魔物に距離を詰めて殴《なぐ》られたら死ぬ。

それを防ぐためにある。

「〈風の翼〉」

移動速度向上系の支援魔法も使えたほうがいい。

「〈土の鎧《よろい》〉」

あと、物理防御の点では風の魔法よりも土の魔法が優れている。
土はほとんどの場所に当然あるものだから、地形の利用しやすさといえば特性別でトップだ。

「防御系支援魔法、それに移動系支援魔法を複数。すばらしいわ」

フィナが目を輝かせている。

「特に土と風を選択したのが見事だ。もっとも柔軟性に富み、応用しやすい物だから」

パウルがうなった。

「すべてが無詠唱《むえいしょう》なのが恐ろしいな」

ランベルト様も感心する。

「まだ余裕がありそうだし、強力な支援要員になってもらえるのではないでしょうか？」

フィナが二人の上司にそう言った。

「言いたいことは分かるが、攻撃魔法をまだ見ていないぞ」

パウルが苦笑する。

「これだけすばらしいのだから、すばらしい攻撃魔法を使える可能性がある。私が見た〈豪炎《ごうえん》流星弾《りゅうせいだん》〉はよかった」

ランベルト様もそう言う。

「次は攻撃魔法ですか？」

「ああ。だが、まだ平気なのか？」

パウルとフィナが少し心配そうな顔をする。

これだけのことで気遣ってもらえる職場は快適だ。

「ええ。王国だとこれくらいでへばっていると、俸給《ほうきゅう》がもらえないので」

「それはひどい」

「最低だな……」

フィナとパウルが同情してくれる。

「攻撃魔法はどれくらい使える？」

「属性だと火、水、土、風の四つですね」

この四種類をおさえておくと、戦術がかなり広がって楽なのだ。

「ほう、四種類！」

「すごい。私だって三種類なのに」

パウルとフィナが感心している。

まあただ属性だけ使えても意味がないんだがな。

もっともフィナがただ使えるだけではないだろう。

帝国の魔法兵団の分隊長だし。

「なるほど。光と闇以外は基本的に使えるわけだね」

ランベルト様の言葉にハイと答える。

「火の属性以外を見せてもらおうか」

「分かりました」

〈豪炎流星弾〉をすでに見せてあるからだろうな。

ここで見せられるレベルが高い魔法はと。

「〈石鋼鎧兵《せきこうがいへい》〉」

鋼鉄のような強度の石の鎧《よろい》をまとう土の魔法だろう。

これは攻防一体型に分類され、俺が使える土の属性で最強の魔法だ。

「すごい、〈石鋼鎧兵〉ですって!?」

フィナが目を見開いて叫ぶ。

「上級魔法か」

「複数の属性の上級魔法を使うというのか」

パウルとランベルト様も同じように驚いていた。

「水と風はあんまり得意じゃなくて、上級魔法までは使えないのですが」

「いやいや、二属性も使えたら十分でしょう！」

フィナが叫ぶ。

「その通りだ。彼は分隊長クラスとして扱うべきではありませんか？」

パウルがランベルト様に言った。

「経験さえ積めば分隊長かそのうえを目指せるな」

ランベルト様も断言する。

俺、魔法兵団の分隊長クラスだったのか？

「一応、魔法兵団以外にも特務兵を選ぶという道がある」

「特務兵ですか?」

ランベルト様の言葉を聞き返す。

「帝国特別任務選抜上級兵のことだよ」

パウルが教えてくれる。

「立場には魔法兵団の団長に次ぎ、近衛《このえ》兵士並みの権威もある」

「帝国が誇るエリート中のエリートですよ」

フィナの補足でようやくピンときた。

「その特務兵に俺が? 俺は王国人ですよ」

「出自は関係ない。大切なのは能力と忠誠心だ」

ランベルト様は即答する。

「いきなり言われてもすぐには決められないだろう。検討《けんとう》してみてくれ」

「分かりました」

特務兵とやらを調べることからはじめなきゃいけないもんな。

「それでランベルト様、ルッツの配属先はどうしましょうか？」

「討伐《とうばつ》兵でいいだろう。対人魔法より対魔法のほうが豊富だ」

ランベルト様はパウルに答えてからこっちを見る。

「聞くが、人間相手の戦闘経験はあるかね？」

「いえ、ありません」

「うん。じゃあ討伐兵のほうがいいだろう」

俺の配属先がどうやら決まりそうだ。

「討伐兵になるなら、私の部下のままでよろしいでしょうか?」

フィナが一拍おいて口を開く。

「しばらくの間はそのつもりでいるように」

「かしこまりました」

ランベルト様の決定にフィナと俺は敬礼をする。

# 第五話「フィナ分隊」

「では頼むぞ」

ランベルト様がそう言って出ていくと、パウルが口を開く。

「今日は隊員と顔を合わせて、一緒に鍛錬でもすればいいだろう。マジックポーションは支給しよう。ミュラー、あとは頼む」

「了解しました。ルッツ、こちらです」

フィナはそう言って先導する。

自分が上官だとばらしたからか、敬称はとれていた。

ていねいな言葉遣いはそのままなのは、素の話し方だからだろうか。

階段を下りながら彼女は聞いてきた。

「ところでマジックポーションなどの作成はできますか？」

「ええ、王国では自分で作っていました」

俺の答えにフィナはちょっと黙ってしまう。

「それを専門とする人はいなかったのですか？」

「いましたが、平民が恩恵にはあずかれなかったですね」

専門家が作った高品質のマジックポーションを使えるのは、王国貴族の特権だった。

恩恵にあずかれなかった平民は、仕方なく自分たちで作るしかなかったのだ。

「必要と欲することこそ原動力というわけですか……全体の底上げをするためにあえてそうやっているなら王国おそるべしですが、ルッツの話を聞いたかぎりではそんな国家戦略構想を持った国とは思えませんね」

フィナは溜息をつく。

呆《あき》れているのだろう。

近隣の仮想敵国が馬鹿で弱くなっているのだから喜んでもよさそうなのに、彼女はいい人なんだな。

「ないと思いますが、断言はしないほうがいいでしょう。王国上層部なんて会ったことがないですから」

王国貴族を見るかぎり頭がよさそうな人はいないのだが、そんな馬鹿ばかりでは国を存続させられるとは思えない。

何か秘密があると考えたほうがいいんじゃないだろうか。

……周辺国家の想像を超えた馬鹿だらけという可能性を否定できないのが悲しいが。

一階につくと十人の男女が待機している。

彼らこそフィナが指揮する分隊だろう。

「分隊長お疲れ様です」

彼女と歳《とし》が変わらなそうな女性隊員が声をかける。

「ルッツは私の隊に配属されました。みんな、彼にいろいろ教えてあげてくださいね」

「はい！」

さわやかな笑顔と元気なあいさつがそろう。

まぶしくなる。

「誰か、マジックポーションをルッツに」

「これを飲めよ」

フィナの指示を聞いた茶髪の青年が、青い液体が入ったガラス瓶《びん》を差し出してくれた。

「ありがとう」

一気に飲み干す。

帝国のポーションは王国のものとは違い、独特の匂《にお》いや苦みがなくて飲みやすかった。

「飲みやすいポーションですね」

感想を述べると、フィナがにこりと笑う。

「ありがとう。私が提案したんですよ。飲みやすくしようと」

「へえ、そうなんですね。たしかにポーションの飲みやすさは重要ですね」

軍隊で重要なのは飯を食えるかという点と、ポーションの味がまともかという点だ。

このポーションを飲んでそう思った。

「もしかしてこれ、木苺《きいちご》が入ってたりします？」

たしかポーションの苦みは木苺で消せたはずである。

「よく分かりましたね」

フィナが目を丸くした。

「一回飲んだだけで、入っている材料を当てちゃうなんてすげえな」

「ほんと、すごい人が入ってきたわね」

分隊の隊員がざわめく。

「どういう味覚をしているんだろう？」

「この場合、知識が重要なんじゃない？」

隊員同士で話し合う。

「ああ、偶然ポーションと木苺の組み合わせを試したことがあったんですよ」

だから知識のおかげというより、偶然といえる。

「ルッツも試そうとしたのですか？　さすがの探求心ですね」

フィナはそう褒めてくれた。

「すごい人は発想がすごいんだなあ」

「俺たちも少しは見習わなきゃいけないよな」

「入ってきた人にいきなり抜けられるのはちょっとな。うちは実力主義だから仕方ないけど」

隊員たちも口々にそう言う。

帝国はいいところだから、過酷《かこく》な状況に追い込まれる経験がないのだろう。

いいところに来てよかった。

「すごい新戦力が加わったのは確定だな」

「今度の分隊戦、俺たちが優勝できるんじゃないか？」

隊員は盛り上がっている。

「分隊戦？」

俺が聞くとフィナが答えてくれた。

「ああ。団内の隊同士の対抗戦です。優勝すると美味《おい》しいお肉を食べ放題って特典があるのですよ」

肉が食べ放題か。

いつあるのか分からないが、その時は頑張りたいな。

「今日は他の隊員がどんな魔法を使えるのか、ルッツに知ってもらいましょう。そのうえでルッツが入った場合の戦い方を練《ね》っていくことになります」

フィナの説明は当然だ。
問題は連携の練度だな。
未知の人間が一人いるだけで難しくなるはず。
他の隊員の実力はよく分からない。
みんなどのくらい強いのだろう？
帝国の魔法兵だからきっと強いんだろうな。
「では順番に自己紹介をしていきましょう」

フィナの呼びかけで自己紹介してもらったが、一気に覚えるのは大変だな。
フィナを入れて女性は四名で男性が俺を含めて七名。
うち女性三名が治療系特化だという。

「この三人が俺たちの生命線なんだ」

と一人が話す。
治療系が離脱すると戦線は崩壊してしまうからな。

「基本的に私たちは三名を守りながら戦うことになります」

というフィナはいわゆる万能型だ。

攻防一体型魔法を使って前衛をこなし、後衛を守れば攻撃魔法や支援魔法に治療系も使えるらしい。

「さすがエリートですね」

さんざん俺のことを褒《ほ》めてくれたが、彼女もやはり猛者《もさ》だった。

「ルッツに言われるなんて恐縮です。あなたが入れば私は後ろに下がって指揮に専念させてもらえそうですね」

「ルッツってどれくらいすごいんですか？」

女性隊員の一人がフィナに尋ねる。

「〈石鋼鎧兵〉と〈豪炎流星弾〉を彼は使えます」

「〈石鋼鎧兵〉!?」

「〈豪炎流星弾〉!?」


隊員たちは目を見開き、手で口を隠し、絶叫した。


「上級魔法を二つも使えるんですか!?」

「ありえなくない？」

「いや、ランベルト様やパウル様なら使えるはずだから……」


なぜ、その二人が引き合いに出されるんだろう。


「あの二人と同レベルだろ？　やばくない？」

「入るところ間違ったんじゃないか？」

上級魔法二つってそこまで言われることなんだろうか。

「ああ。王国人だからな。どこに行けばいいのか分からなかったんだろう」

「黙っていいのかしら？　もっとエリートならやれる道があるって教えなきゃまずいでしょ」

何やらみんな深刻な顔、あるいは罪悪感に苦しむ顔になった。

そこでフィナが手を叩いて彼らの視線を集める。

「ルッツは知っているわ。特務兵の道があることを。だから一緒にやれるのは短い間だけかもしれないけどね」

「なんだ、知っていたんですね」

すぐいなくなるのかとは言われなかった。

「もっといい道がある」ことを俺が知っていると安心し、喜んでくれるらしい。

「帝国人、いい人たちが多すぎるんじゃないか？」

思わずつぶやく。
それともこれで普通なのか？
俺の価値観が正直グラグラと揺れている。

「え、普通でしょ？」

女性隊員が不思議そうに言う。
他の隊員もうなずく。

「そっか。普通なんだ」

気を取り直して、特務兵について考える。

「特務兵ってどうやればなれるのか、分からないしな。俸給《ほうきゅう》はどっちがいいんだろう？」

「特務兵のほうが俸給は圧倒的にいいですよ」

返答するフィナが少し困惑していた。

「魔法兵団長や近衛《このえ》に次ぐとお話があったと思いますが、俸給も同じくらいです。金貨で支払われますからね」

俸給が金貨で……銀貨だと数千枚は堅いってことか。

「上級魔法を二つも使えるなら、それくらいもらってもおかしくないよね」

「あこがれるなあ」

王国では金の話をするなと言われたものだが、こっちでは金の話をするのは当然という空気だ。

おかげで話しやすく、委縮することもない。

「特務兵って希望したらなれるんですか？」

選択権は俺にあるみたいなことを言われた気はするのだが、具体的な方法はまだ聞いていないのだが。

「帝国上層部での審査があります。ルッツは実戦での働きや帝国への忠誠心を確認されることになると思います」

フィナの説明にああそうかと納得する。

魔法が使えるのと実戦で役に立つのは別物だからな。

それはいいんだが、帝国への忠誠心ってどうやって証明すればいいんだろう。

王国に愛想をつかしてる件なら信じてもらえる自信はあるが、忠誠心は信じてもらえるのだろうか？

「ひとまずこの分隊で実戦を経験するのが一番ってことですかね」

「そうなりますね」

フィナはにこりとする。

「ルッツは話が早いから助かります」

いちいち褒めてくれるいい上官で俺も助かっている。

「経験を積む機会はどれくらいあるんですか？　帝都付近に魔物はあまり出ないと思いますが」

魔物が出にくい地域に都市を築くのは基本のはずだ。

「その通りですよ。さすがですね」

フィナはそう言ってから説明してくれる。

「基本的に帝都から離れた〈ダゴン領域〉と呼ばれる地域に『遠征』します。定期的に魔物を狩ることで間引きをし、戦闘訓練になり、素材を集めることもできるというわけです」

「なるほど。『一本の矢で三匹の獲物をしとめる』ですね」

王国にそういうことわざがある。

一つの行動で複数の利益を得るという意味だ。

「ええ。似たようなことわざが王国にもありましたか」

通じるのか少し不安だったのだが、帝国にも似たようなものがあるらしい。

「日勤でここに詰める者、夜勤で詰める者、その後二日休んでから〈ダゴン領域〉におもむくことになります。ルッツが入った以上、連携訓練をこなしてからの出発になるはずですが」

「連携訓練してない奴を入れたまま実戦なんて、怖くてできないですよね」

王国はその点本当に馬鹿だった。

何回か死にかけたし、似たような経験をした奴らは多かったものの、貴族たちは自ら危険を感じてなかったので改善されることはなかった。

「なんだか実感がこもっていますね？」

不思議そうな顔をされたので、経験談を話してみる。

すると隊員たち全員の顔がひきつった。

「馬鹿すぎるだろ、王国」

「平民たちが倒れたら自分たちが危なくなる、と考えられる人すら見たことがないありさまです」

と話せば絶句してしまう。

「ルッツが帝国に来た理由、いやでも分かるぜ」

「苦労したんですね。これからは私たちがいますよ」

同情されるのがこんなにも喜ばしいことだとは思わなかった。

# 第六話「訓練」

広い訓練施設に俺たちは移動した。

ここなら中級魔法くらいまでなら放ってもよさそうである。

「ルッツには前衛をやってもらいましょうか」

フィナはそう言った。

魔法使いが前衛というのは矛盾《むじゅん》しているように感じる人もいるだろう。

前衛系魔法使いというのは、魔法戦士とか魔法剣士といった、基本として近接戦闘ができる者たちである。

俺はというと、一応剣術や格闘術も学んでいる。

王国では前衛があまりあてにならないので、生存率をあげるためには鍛えるしかなかったのだ。

「了解しました」

俺が答えると、誰かが言う。

「ルッツ、前衛やれるんだ？」

「治療系以外は全部できるよ」

俺はそう答える。

「いつものように私の指示に従ってもらいます。まずは後衛の訓練から！」

とフィナが言う。

「支援魔法急いで！」

いきなりの指示だったが、隊員たちの反応は速い。

「〈聞け、風の友たちよ〉」

「〈怒りの化身たちよ〉」

全員がほぼ同時に詠唱《えいしょう》に入る。

急いでいるなら無詠唱のほうがいいと思うが、いきなり好き勝手はやれない。

まずは彼らはどういう訓練をこなしているのか、把握《はあく》することだ。

「〈風の衣〉」

「〈炎の腕〉」

防御力をアップさせる風の支援魔法、攻撃力をアップさせる火の支援魔法が包む。

「前衛は防御に徹して！　後衛は魔法を！　火でいくわよ」

フィナの次の指示になるほどと思う。
前衛の魔法使いに防御を任せ、後衛は攻撃に専念する。
基本的な戦い方だ。
まあ王道や基本といわれる戦い方こそ、実は非常に大切である。
最も重要で役に立つ機会が多いから王道といわれるようになったのだ。
「〈火よ、紅蓮《ぐれん》の牙となり、我らが力となりたまえ〉」
これは中級魔法の〈紅蓮槍牙《ぐれんそうが》〉だな。
全員詠唱が重なっているから、相当練習してきたことがうかがえる。
ここにいきなり入るのは無理だろうし、フィナに前衛を任された理由を察した。
詠唱が完成する瞬間、フィナの声が割って入る。
「〈紅蓮の化身、我らに恩寵《おんちょう》を〉」

うん？　これってたしか同一属性を統合して威力を向上させる〈統合魔法〉!?

「〈統合・紅蓮槍牙〉」

白く大きな紅蓮の柱が立ちのぼった。

「これはすごいな」

という感想が俺の本心だ。
これができるなら、俺は前衛に専念したほうがよさそうだ。
もっとも、どんな状況でもやれるわけじゃないだろうが。

「どうですか、ルッツ。我々の戦術は？」

フィナが聞いてくる。

「すごい練度と破壊力ですね。対強敵用の必殺戦術ですか？」

「そうなのですよ！　さすがルッツ。理解が早いですね」

フィナはとても満足そうだった。

「あれなら俺は防御に専念したほうがいいですね。ただ、速くて数が多いタイプの敵だと無理ですが」

「ええ。次は対物量対策をやってみせるわ」

うん、やっぱりちゃんと対策を持っているんだな。

「〈気高き水よ、苦難を打ち破る剣となれ〉」

後衛がまた同時に詠唱する。

「〈魔力拡散〉」

そしてフィナが効果を付与した。

魔法効果を広範囲に拡散させる付与魔法である。

普通だったら半円状どまりの水の魔法が、大きな円状に広がった。

「なるほど、分隊長は万能型だから最後に付与するのですね。これなら指揮をとれ、状況に応じてギリギリのタイミングで効果を変えることもできる」

相手や状況次第で出す手札を変えるのは、立派な戦術である。

ただ、現実的かというとそうではない。

ギリギリのタイミングで変えるためには、冷静に時機を見極める度胸と判断力が要求される。

それに臨機応変にとなると、手札の数が必要だ。

両方を兼ね備えている人物なんてめったにいないだろうが、フィナは該当《がいとう》する。

「しかも最後に魔法を付与するなら、状況によっては魔力を節約することも可能」

治療系魔法も使える人物の魔力を温存するのは正しい。

みんなは目を丸くしたり、口笛を吹く。

フィナは苦笑する。

「まいったわね。こんなにも早く私たちのやり方の意図を全部見抜かれてしまうなんて」

「ルッツ、すげえな」

「かっこいい……」

「味方になってくれてよかったわね」

隊員たちはそう言いあう。

かっこいいと言ったのは女性の声だったが、気にしないことにする。

「敵だったら恐ろしかっただろうな、ルッツは」

「これから俺たちは仲間なんだろ?」

タイミングを見て俺はそう言った。

「ああ！」

「もちろんさ！」

「もっともルッツは特務兵になれそうだけどな！」

「もしそうなっても、俺たちは友達だ。いつでも遊びに来いよ！」

笑顔が並ぶ。

彼らに嫉妬《しっと》はないようだ。

「気が早いな。まだ俺が特務兵になれると決まったわけじゃないのに」

気持ちのいい彼らと一緒にすごせると思うとうれしくて、苦笑するはずが笑顔になってしまう。

「そうですね。ルッツが特務兵になるにせよ、実績が必要となるでしょう。彼がいい結果を得られるように、私たちで協力しましょう」

フィナが笑顔で言うと、一同ははいと返事する。

いい人たちだなあ。

別に特務兵になれなくてもいい気がしてきたぞ。

「せっかくだからルッツをどう活《い》かすか、考えていきます。そのためにはルッツにはいろいろと魔法を使ってもらいますよ」

「分かりました。頑張ります」

分隊の一員になるんだからフィナの指示は当然だ。

そのためにマジックポーションも飲んだし。

「残念ながら付与魔法は使えないので、フィナ隊長のかわりはできないと思います」

「大丈夫ですよ。ルッツには私と同じ万能役をやってもらう予定です。前衛が必要な時は前衛を、後衛が必要な時は後衛を」

「もちろんです」

付与魔法と治療魔法も使えたらいいのだが、この二つは使えないんだよな。

治療魔法は先天的な適性が物を言うから仕方ないとして、付与魔法は勉強しておくべきだったか。

「じゃあさっそくやりましょう！　ルッツ、みんなに魔法を見せてくれますか？」

フィナの声を聞いて気持ちを切り替える。

「〈紅蓮槍牙〉〈水球《すいきゅう》〉〈風狼爪《ふうろうそう》〉」

俺は順番に魔法を披露していく。

攻撃魔法と防御魔法を中心にだ。

「すごい、連続詠唱《えいしょう》」

「それに使えるバリエーションが多いな」

「これが特務兵候補の実力……」

隊員たちは口々に評価してくれる。
見世物《みせもの》のような感じは実のところそんなに好きじゃなかったが、こういう反応なら大歓迎だ。
披露する甲斐《かい》がある。

「〈石鋼鎧兵〉」

締めくくりに上級魔法を使ってみた。

「おおお！」
「すごい！」
「かっこいい！」
「素敵」

隊員たちからは歓声があがる。

一通り魔法を見せ終わったので、解除するとフィナが話しかけてきた。

「お疲れさまです。まだ余裕がありそうですが、ポーションはいかがですか？」

「これくらいならまだいりませんね」

入ったばかりだし、他の隊員が飲んでいないのに俺だけ飲むというのもな。

それにいらないというのは別に強がっているわけじゃない。


「すごいですね。ルッツの持久力」


そう、フィナが言うように魔法使いとしての持久力には自信があるのだ。

魔法使いの持久力はどういうもので構成されるのか。

簡単に言えば魔力量、集中力を維持する精神力だろうか。

魔法使いは戦闘で脳を使い、心を削っていく職業だ。

魔法が使えなくなって、正しい判断ができなくなれば、一気に死のリスクが高くなる。

「魔力と精神力の維持は鍛えましたからね」

帝国のように頼りになる仲間なんて期待できなかったから。

自分の身は自分で守るしかなかったから。


「そうですか」


フィナは少し悲しそうに目を伏せた。

俺が王国でどういう状況に置かれていたのか、彼女には察しがついたのだろう。

「余計なお世話でしょうが、一言いいでしょうか?」

「なんでしょう?」

「あなたの苦労は帝国で花開かせるための準備だと考えてはいかがでしょう?」

うん、その発想はいいな。

「ええ。そのつもりでいましょう。ありがとうございます、隊長殿」

照れ隠しに言うと、フィナはくすりと笑う。

「どういたしまして、ルッツ隊員」

「さすが隊長、いいこと言う！」

誰かがヒューヒューとはやし立てる。

「持久力ってどうやって鍛えましたか？」

気を取り直してフィナがたずねてきた。

「俺がやってきたことですか」

改めて振り返ってみる。

「延々と五時間くらい下級魔法を使い続けるとか」

「五時間も!?」

「下級魔法をそれだけ!?」

「すごすぎるだろ!?」

隊員たちはいきなり叫んだ。

この段階で人とはちょっとずれているのかな。

「あとは火の魔法と水の魔法を同時に使う訓練とか」

「魔法の並行使用ですか!?」

「いや、それは理解できるけど、火と水の反発属性はおかしいだろ!?」

またしても驚かれてしまった。

たしかに水と火、風と土のように反発する属性同士は制御がメチャクチャつらい。

「でも、だからトレーニングになるんだよ」

と俺は言った。

「精神力がガリガリ削られて、それでも集中力は切らせないからね」

いやでも自分を追い詰めることができる。

そうやって追い詰められた状況を作るようにしておけば、実力の底上げができるというわけだ。

「そっかぁ」

「ルッツはそれだけ高い意識を持ってやってきたのか」

「それくらい厳しい訓練をやっていたなら、私たちと差がついちゃうのは当たり前よね。努力した証拠だもの」

隊員たちはそう評価する。

「私たちにはまだまだ甘さがあるみたいですね」

　フィナは考え込む。

「いや、あまりすすめられないですよ。王国時代もみんなにドン引きされましたから」

　そこまでやらないとやばいと思っていたのは俺くらいだったらしい。

　そういう意味じゃ俺に味方はいなかったかも？

「強くなるために鍛錬をする。当たり前のことでは？」

　男性隊員が不思議そうに首をかしげる。

「ルッツは何も間違ってないですよね？」

「王国って本当最低ね。ルッツには同情しかないわ」

女性隊員たちもうなずきながら主張する。

「ありがとう」

理解してもらえてよかった。
ここに来てよかった。

「では真似《まね》できそうな点は真似してみましょうか」

フィナがそう提案する。

「下級魔法を延々と使い続ける部分ですね」
「五時間は無理だと思いますが」

隊員たちの言葉を聞いて、俺は疑問が浮かんだ。

「みんなはどれくらい下級魔法を使い続けることができますか？」

「三十分くらいでは？」

「それくらいが限界ですね」

隊員たちはそう言う。

「簡単に言うと、ルッツは俺たちの十倍はすごいのか」

単純な数字で語れるものじゃない気もするが。

あえて何も言うまい。

「私で一時間くらいですから、ルッツの五分の一ですね」

フィナは話す。

みんなそんなものなのか。

王国の上司たちには「お前は努力が足りない」としか……いや、もうやめよう。

「フィナ隊長、相当すごいのにルッツはさらに五倍ってすごいな」
「ルッツすごすぎだよね」
「俺たちも見習わないとな」

隊員たちは話し合う。

「はい。おしゃべりはそこまで」

フィナが手をたたき、隊員たちの意識を束ねる。

「さっそくやっていきましょう。簡単な初級魔法を使っていくのです」

みんなはさっそく取り掛かった。
ボーッと見ているわけにもいかないから、俺もやってみよう。

頑張るぞ。

昼になったところで、鍛錬は一度中断された。

「ふーっ、いつもより疲れたな」

「下級魔法を延々と使うってこれだけ大変なのね……」

みんなの顔に浮かぶ疲労の色は濃い。

「ルッツだけはまだ平気そうだな」

「今まで積み上げてきたものが、俺たちとは違うってわけだ」

「ルッツが別格すぎてまぶしい」

一番余裕があるのは俺で、その次がフィナだ。

中でもマジックポーションを飲んでいないのは俺一人である。

「ルッツは本当にすごいですね」

フィナがさわやかな笑みを浮かべながら話しかけてきた。

「ありがとうございます」

「謙虚なところもうならされます」

フィナが言うと隊員たちはうんうんとうなずく。

「上位者の余裕って感じ？　いやみじゃないところがすごいね」

「ちくしょう。俺だってルッツみたいになりたいぜ」

「今からならまだ間に合うだろ？　一緒に頑張ろうぜ」

隊員たちが一通り発言したところで、フィナが全員に言う。

「それじゃお昼休憩に行きましょう。ルッツは初めてだから、みんなで行くわよ」

「そうですね、ルッツ、こっちだぜ」

笑顔に先導されながら俺は建物の中を案内される。

どうやら魔法兵団の詰め所には食堂があるようだ。

「ランチは三種類あってな。太陽コース、星コース、月コースだ」

隊員の一人が説明してくれる。

太陽コースは大きな肉をメインとした料理。

星コースは魚をメインとした料理。

月コースはパスタと野菜を中心にした料理らしい。

「あれ？　値段は？」

「俺たちは全部無料だよ」

隊員の一人から回答がくる。

帝国って本当にすごいところなんだなあ。

なんで王国はまだ存続しているんだろう。
そんなことを思いながら俺は太陽コースを選んだ。

「お、ルッツも太陽コースか」

隊員たちのほとんどが太陽コースで、女性の一人が月コースだった。
女性といってもきつい鍛錬の後はがっつり食べたくなるんだろうなと思ったのだが、そうでもない人もいるのか。

「まあいい」

みんながやっているように、木の注文プレートをとってからカウンターに持っていく。

「あれ、新顔ですね？」

対応してくれる若い男性が怪訝《けげん》そうな声を出す。

「ああ。新しく入ったオスカー・ルッツだ。メチャクチャ強いんだぜ」

隊員の一人が自慢そうに説明してくれた。

「ほんとほんと。そのうち特務兵か中隊長くらいにはなりそう」

気の強そうな女性隊員もそう言う。

「分かる。びっくりしたもんな、ルッツのすごさによ」

「いつかルッツと知り合いだって自慢する日が来たりして」

隊員たちの意見を聞いた給仕の若者は目を丸くしていた。

「へえ、うちの魔法兵団って精鋭ぞろいなのに。とんでもなくすごい人なんですね。ルッツさんでしたっけ？」

「ああ。よろしくな」

「ええ。よろしくお願いします」

少年のようにあどけない笑顔が返ってくる。

特定の趣味の女性には大いに受けそうな愛嬌《あいきょう》があった。


「太陽コースですね」


そう言って銀色のトレーを渡してくれる。

レンズマメとタマネギのスープ、トマトと人参《にんじん》のサラダ、そしてでっかい肉のローストに塩をふったもの。

後はジャガイモのパンケーキだろうか。

作ってから多少時間はたっているんだろうが、十分に美味《うま》そうだ。


「ルッツ、こっちで食べようぜ」

「ちょうどあいてるからな」

声をかけてもらったところに移動して腰を下ろす。
近くは同じ分隊の男性たちで、フィナをはじめとした女性陣は離れたところにいた。
他にも見覚えのない顔の兵士たちもいる。
まだフィナ分隊以外の顔はほとんど覚えていないからな。
ランベルト様とパウルくらいしか分からない。

「いただきまーす」

俺らはさっそくナイフとフォークを手に取った。

「美味い」

スープは温かく、野菜は新鮮だ。
温かくて美味いものを帝国の兵士は食えるんだな。

「だろ？　ここは美味いんだぜ」

隣に座っている男が白い歯を見せる。
肉はというとしっかり火が通っていて柔らかい。
しかも塩もちゃんときいている。

「美味い」

肉って美味いんだな。
ちょっと感動しそうだ。
サラダを口に入れてみる。

「これも美味い」

野菜ってこんなに美味いんだな。
王国では、新鮮な野菜なんて食えなかったからなあ。

「ルッツ、さっきから美味いとしか言ってねーぞ」

目の前に座る男が笑う。

本当のことだから何も言えないが、食事が美味い。

これは重要だ。

それに近くにいるだけで飯がまずくなる存在がいないというのもすばらしい。

久しぶりに飯が美味い。

昨日の夜、そして今日の朝の飯は悪くなかったはずだが、あまり印象に残っていなかった。

今は違う。

「王国って飯がまずいのか？」

「いや、そんな話聞かないけどな」

俺に遠慮《えんりょ》するようにひそひそと話す声が聞こえる。

王国料理自体はまずくないと思う。

その点は否定したい。

「美味い飯を食える環境になかったのさ。帝国、最高！」

食事中に暗い話をするのも悪いから、できるだけ明るく言った。

「大げさだな」

「でもルッツの場合、来てよかったんじゃないか？　能力重視だからな。帝国は」

実力主義って素晴らしいよな。

それに本人の適性も評価してくれるし。

# 第七話「お手本」

鍛錬が終わったら寮へと戻る。

さっそく風呂に入って汗を流そう。

似たようなことを考えている奴らが何人もいたらしく、脱衣場でばったり遭遇《そうぐう》してにやりと笑う。

「お、ルッツも風呂が好きなのか？」

「ああ。王国じゃ異端だったけどな」

王国人は風呂嫌いが多かった。

もっとも金のない平民は入りたくても入れないという、やむをえない事情があったのだが。

「帝国でも多数派じゃないな。せいぜい半々くらいだ。もっとも女性に限れば風呂好きがほとんどだがな」

一人の男性が説明してくれる。

「王国の女性も清潔好きは多かったな。男は適当だった」
「その辺は帝国人も同じだよ。女性の方が身だしなみに対する意識がすごい」

この点に関して民族の違いはないようだ。
寮の浴場はそんなに広くない。
せいぜい十人くらいしか同時に入れそうにもなかったが、これで十分なんだろう。
体を洗って温かい湯につかると、一日の疲労が抜けていく気分にひたれる。

「ルッツはフィナ分隊なんだって?」

知らない顔の男性が話しかけてきた。

どうやらすでに情報が広まっているらしい。

「ああ。そうだよ」

「あそこって兵団の中でもエリートが多いんだぜ。いきなりあそこ配属ってすげえな、ルッツ」

フィナ分隊のすごさは俺も肌に感じていた。

帝国の魔法兵団って基本あれなのかと驚嘆《きょうたん》したのだが、どうやらえりすぐりだったらしい。

少しだけ安心したぜ。

フィナがやっていることは十分バケモノ級だったからな。

分隊長ってことは大ざっぱに考えれば、分隊が四十近くあるので、同格が四十人前後いる計算だ。

「フィナ隊長と同レベルが四十人近く？　なんて思ったが、さすがにそんなことはなかったか」

「当たり前だろ」

みんなが笑う。

「フィナ隊長レベルなんて、隊長たちくらいじゃないの？」

それでも四人くらいはいる計算か。

やっぱり帝国は恐ろしいな。

「俺の見立てじゃ、ルッツはフィナ隊長よりもずっと上だけどな」

「ルッツってそんなにすごいのか？」

誰かの問いにフィナ隊の男は大きくうなずく。

「ああ。数時間も訓練したらみんなヘロヘロになってポーションを飲むのに、ルッツは一人だけ涼しい顔をしてポーションを飲まずに魔法を使い続けてたんだぞ」

「すげえ。バケモノかよ」

「魔法使いとしてのスタミナはランベルト様並みにあるんじゃないの？」

みんなが驚いている。

もしかして、俺の環境って思っていた以上に異常なんだろうか。

「どうやってそんなに強くなったんだよ？」

「日々の積み重ね」

他に答えようがない。

死にたくない一心でやっていた諸々《もろもろ》が、無駄じゃなかったと、帝国に来て判明したのは何よりだ。

「積み重ねかよ」

「たしかに毎日コツコツやるしかなさそうだな」

帝国人たちはそう納得する。

「俺らもやるか」

「ああ。毎日の積み重ねの先にはルッツがいるんだ。ルッツの背中を追いかけよう」

この反応は意外だった。

「ルッツだけずるい」なんて言われるのが王国の日々だったからである。

「じゃあ俺はもっとやって、追いつかれないように頑張ろう」

口元をゆるめながらそんなことを言う。

「はは！　さすがだな！」

「意識が高い。ルッツはすばらしいお手本になってくれそうだ！」

みんなは快《こころよ》い笑顔を浮かべる。

すばらしいお手本になれるか。

そう言われると、ちょっとかっこつけたくなるな。

少なくとも背筋を伸ばして胸を張ろう。

俺だって誰かの目標にされ、手本として扱われる価値がある。

彼らはそう認めてくれたのだ。

彼らの評価に恥じない生き方をしたい。


「頑張ろう」


ひそかに意を決する。

風呂から上がって飯を食べたら、こっそりトレーニングをしよう。

筋肉は鍛えればいいというものではないらしいのだが、魔力や魔法を扱う精神力はどれだけ鍛えてもよい。

それくらいでなければ、過酷《かこく》な実戦で魔法を使い続けるのは至難《しなん》の業《わざ》だ。

気をつけなければいけないのは魔力切れと、それにともなう虚脱状態だろうか。

最後に魔力切れになったのはいつの日か思い出せないが、一応注意しておこう。

「ルッツって体を鍛えているのか？」

「そういえば引き締まっているな」

「戦士みたいだ」


そういう声があがる。

「まあいざとなったらダッシュで敵から逃げられるくらいにはな」


そう言うと笑いが起こるが、冗談を言ったつもりはなかった。

魔法使いは戦士と比べて運動能力が低い。

言い方を変えると、劣勢になっても窮地《きゅうち》から離脱するのが難しいのだ。

「ダッシュ力と、ダッシュできる体力を作っておくと、ピンチになっても安心だぞ」


そう言えば笑いが消える。

「言われてみればその通りだな」

「ルッツの指摘はもっともだ」

「やばくなっても逃げられると思えれば、心にゆとりが生まれるもんな」

風呂の中でみんな真剣に検討《けんとう》しはじめたようだ。

「ルッツの発想はいちいち新鮮で勉強になるな」

「ランベルト様は能力だけで選んだのかもしれないが、こんなすばらしい発想も持っているとはな」


彼らこそ理解が早い。

俺の発想が彼らにはできないものでも、真剣に受け止めてくれる。

彼らの考え方こそすばらしいのではないだろうか。

帝国に移ってダリア魔法兵団に入ってから十五日ほど経過した。

ある朝の集まりにやってきたパウルが言う。

「ルッツはすばらしい速度で分隊の一員になったと報告を聞いている。ここで一つ、『遠征』に行ってもらおう」

「まだ十五日くらいだろ……？」

「普通、新人を実戦投入するのに五十日はかけるだろう？」

パウルの指示にざわめきが起こる。

俺の実戦投入は普通よりも三倍以上のスピードで決まったらしい。

「すごいな、ルッツ」

「さすがだ」

「別格でしょ」

俺を褒《ほ》める声が大きくなってくる。

「静かに」

そこでパウルが低い声を出すと、場がしんと静まり返る。

「目的地は〈ダゴン領域〉の第二踏地だ」

第二踏地とやらがどういう場所なのか分からないが、みんなの反応から察するに無茶ぶりではなさそうだ。

いきなり無茶ぶりされる心配がいらない国なのはいいな。

「出発は明日だ。ルッツには疑問点が多いだろうが、フィナにでも聞け」

先回りされた感覚がある。

許されるならパウルに聞きたかったからな。

だがまあフィナに聞いてもいいだろう。

解散となった後で、俺はさっそくフィナをつかまえる。

「質問してもいいですか？」

「もちろんです。ただ、私が先に説明をして、分からないことがあればという形でもよいですか？」


彼女に逆に問われ、ちょっと迷ったがうなずいた。

先にフィナが全部説明してくれるならそれでいいしな。

明日から『遠征』ということは、つまり俺たちは今日この後一日休みである。

移動したのは食堂だった。


「まず〈ダゴン領域〉は帝都から〈魔動車〉で三日ほどの距離にあります」


というフィナの発言で色々と驚きがある。

〈魔動車〉とは文字通り魔力を動力にしたからくり車で、速度は馬車より速く馬よりやや遅いといったところか。

製造するのに資材とコストが必要なので、王国では軍が持つことはなかった。

この点ですでに帝国と王国の差がある。

「馬車だと守り手、馬の飼い葉などが余分に必要になりますからね。〈魔動車〉だと魔力だけでいいですすし、使わない時は〈収納袋〉に収納できます」

フィナの言うとおりだ。

馬車は便利な乗り物ではあるが、厄介《やっかい》な欠点がある。

〈収納袋〉は生き物を収納できないし、馬を捕食する獰猛《どうもう》な魔物がやってくるリスクもあった。

「第二踏地まで行って戻ってくるのに必要な時間は三日でしょうか。二日余裕を持つとして五日です」

帝都との往復に六日はかかるから、水と食料は十一日分必要ってことか。

「十一日分の水と食料が入った〈収納袋〉は明日出発前に支給されます」

「えっ？」

支給されるのか。

自分で用意しなくてもいいのか。

「何か？」

不思議そうなフィナになんでもないと首を横に振る。

「我々が用意しておくべきはマジックポーションですね。後は魔物の下調べ、体調の管理でしょうか」

やることがほとんどないな、帝国の魔法兵団。

「以上ですが、何か質問は？」

分かりやすく要点をおさえて話してもらったので、聞きたいことがほとんどない。

「〈ダゴン領域〉にどんな魔物が出るのか教えてください」

「ええ、やはり聞いてきましたね」

予想していたとばかりにフィナは微笑《ほほえ》む。

俺が質問してくるだろうと思っていたから、あえて自分で言わなかったのだろうか。

なんとなくだがフィナらしくない。

特務兵の適性チェックとやらがもうはじまっているのかもしれないな。

# 第八話「ダゴン領域」

出発の日、兵団の駐屯所《ちゅうとんじょ》に俺が最初に着いた。
その次にやってきたのがフィナである。

「ルッツ、早いですね」
「まあ新入りですし」

小走りで寄ってきた彼女に笑みを浮かべると、彼女はうなずいた。

「立派な心掛けです。さすがルッツです。わが隊員たちにも見習ってもらいたいものです」
「いやあ……」

褒められるのはうれしいが、これは少し困る。

俺を理由に他の隊員を批判するような展開はごめんだ。

と思っていたら、次々に隊員たちがやってくる。

「おはようございます。ルッツも隊長も早いですね」

「隊長はもちろん、ルッツも早めに来そうだと思って急いで来たのに、二人ともさすがですねえ」

集合時間の十五分前には全員が揃《そろ》っていた。

「十五分前に集まったんじゃ、注意はできませんね」

フィナは苦笑している。

ルッツを見習えという説教がはじまらないようで、俺としても安心だ。

このあたりフィナは柔軟で納得できる対応をとる、よい上官である。

王国の上官と比較したら失礼すぎると本気で思う。

「では出発しましょう」

フィナはそう言うが、〈魔動車〉はどこにもない。

そう思っていると、腰に提げた〈収納袋〉から無造作《むぞうさ》に取り出した。

うん、大きさや重さを無視して出てくる光景は何回見ても不思議だな。

出された〈魔動車〉は黒と白の二種類である。

「そう言えばルッツは〈魔動車〉の操縦はできますか?」

フィナが思い出したようにたずねてきた。

「いえ、できません。そもそも乗るのが初めてなんで」

王国じゃ平民は見るのもさわるのも無理な高級品である。

「おやそうでしたか。では機会を見て、操縦の練習をしてもらいましょう。帝国では〈魔動車〉を乗る機会は多いですから、操縦できるようになると便利ですよ」

「ええ、お願いします」

フィナは親切に言ってくれた。

もちろん純粋な厚意だけじゃなくて、操縦できる人間が増えればみんなの負担が減るという利点もあるからだろう。

平民がさわるな、で完結する王国よりもずっと納得しやすい。

「二手に分かれます。黒は私が、白はジョニーが運転を」

フィナはてきぱきと分けていく。

俺が分けられたのは白のほうだった。

〈魔動車〉は前に操縦席があり、隣に助手席があり、後ろに三人ほど座れるらしい。

俺は後ろの真ん中に座る。

「この分け方は戦力を集中しないって理由でもあるのかな」

つぶやくと左に座った男がうなずく。

「ああ。フィナ隊長はいつもそうだよ。やっぱりルッツはあっさり見抜くんだね」

「フィナは基本セオリー通りで常識的だから、素直に考えればいいんだよな」

すごいと言う男にそう返す。

「相手がフィナ隊長のことを知っていれば読みやすい気がするけど、魔物と戦う分には余計な心配かな」

そう言うと、〈魔動車〉の空気が変わる。

「そうだな」

「言われて初めて気づいたぜ」

なんて声があがった。


「兵団同士の対抗戦だと、読まれてしまうかもしれないな」

「ライバルは多いからな」

「ルッツがいいことを教えてくれた。フィナ隊長に後で報告しておこうぜ」


どうやらその点まで考えたことはなかったらしい。

そういう発想が苦手なのか、必要なかったのか。

帝国ですごしたかぎり後者の気もするが、フィナ分隊のメンバーの性格を考慮《こうりょ》すると前者の理由もありそうだ。


「対抗戦、ルッツも出てくれないか？」

「ルッツが出てくれたら、いい成績とれるんじゃないかな」


そんな依頼も届く。

「別にいいよ。いつあるんだ？」

フィナ分隊の一員なんだから、分隊の勝利のために頑張ることに異存はない。
隊長も同僚たちもいい人ばかりだからな。
ぜひとも一緒に勝つ喜びを味わいたいものだ。

「いつかは分からないんだ」
「わりと不定期開催だからな」
「パターン的に来月あたりになりそうだが」

そういう答えが返ってくる。

「でも新入りが入ったんだから、そこは考慮されるはずだぜ」

誰かの指摘に別の誰かが言う。

「普通ならな。ルッツは十数日で『遠征』に参加できるレベルになったんだぞ」

「ルッツの適応力がすごすぎて、普通だったら考慮されるものが考慮されない可能性があるわけか」

なるほどという空気ができあがった。

たしかに頑張ってなじめたと思う。

「対抗戦って具体的に何をやるんだ？　賞金か何かもらえるのか？」

気になったのはそこだ。

ボーナスくらいほしいな。

帝国だと払ってもらえそうだが。

「対抗戦は毎回内容が変わるんだが、たいてい分隊単位での争いになる」

「優勝賞金は一人につき銀貨五十枚だぜ」

賞金としては多いとはいえないが、臨時収入としては悪くないな。

定期的に開催しているなら、一回あたりの賞金額が少なくなるのもやむをえない。

「どこの団が強いっていうのはあるのかい？」

「ああ。サフラン魔法兵団とミズゼリ魔法兵団の分隊が強いな。俺らはなかなか勝てない」

悔《くや》しそうな答えが返ってくる。

そうなのか。

どういう人たちなのだろう。

フィナ分隊はレベルが高いのに、彼らでも勝てないとは。

その後、話は〈ダゴン領域〉に生息する魔物の話になった。


途中までは都市に泊まれるのは、帝国はいいところだなと思う。

やわらかいベッドで眠れるのは大きい。

食事も〈収納袋〉のおかげで新鮮で栄養価があり、美味《うま》いものを豊富に食える。

いくら宮廷魔法使い直属の兵団とはいえ、これはとてもすごいことだ。

そして俺たちは今〈ダゴン領域〉と呼ばれるエリアに侵入している。

明確なラインがあるわけじゃないらしいが、荒れ地の先にある森がひとつの境目がわりにされているらしい。

「荒れ地で魔物に遭遇《そうぐう》した経験はほぼないんだが、厳密にはここもすでに〈ダゴン領域〉なんだ」

と仲間の一人が教えてくれる。

「領域に入っているけどまだ魔物が出ないエリアか。そう考えると助かるな」

納得していると、仲間はうなずく。

「ルッツは理解が早いから説明が楽で助かるよ」

「王国人ってみんなルッツくらいすごいのかい？」

「さあ？」

俺は首をかしげた。
王国時代、生きのびるために必死だったので、仲間と自分を比較したりしたことはない。
ただ、もっと評価されてもいいのに……と思う人なら二、三人ほどいたな。

「さすがにルッツレベルがゴロゴロいると思いませんよ」

フィナが笑いながら会話に入ってくる。

「そうだったら昔の段階で帝国は王国との戦争に負けているはずです」
「ですよねー」
「ルッツみたいな規格外の傑物《けつぶつ》、ザラにいるわけがないよ」

みんなで笑った。
俺もつられて笑う。

ランベルト様のほうが俺よりずっとすごいんじゃないかな。

よく知らないけど。

「おしゃべりはここまで。さあ行きますよ」

フィナの号令で俺たちは隊列を組む。

俺は最後尾になった。

「最も恐ろしいのは、背後からの奇襲です。そこに最強の戦力を配置するのは基本ですね」

「頑張ります」

たしかに背後からの不意打ちほど厄介《やっかい》なものはない。

魔物の一部は音と気配を消すのが得意なうえに、奇襲を好む面倒なやつらがいる。

王国時代、何回か死にそうな目にあったもんだ。

今は味方の戦力が違うので安心できそうだけどな。

期待に応えられるように頑張ろう。

先頭に立つのはカイルという防御魔法を得意とする男だ。

三人の治療系魔法使いとフィナを囲むように防御を得意な奴らが進む。

フィナと治療系魔法使いが倒されたら、この分隊は崩壊するからな。

俺は最後尾で全体をぼんやりと見ながら、背後も警戒する。

信頼されていないと任されない大切な役割だ。

来るまではにぎやかに楽しくおしゃべりしていた一行も、探索がはじまると誰も何も言わない。

かといって重苦しい空気というわけでもない、いい感じだ。

森の中は光が届かず、用意されていた〈ランプ〉を使う。

前衛と中衛の二つだけだが十分だ。


「敵が来ますよ」

こっそり使っていた警戒用魔法に反応があったので、警告を放つ。

「えっ?」

誰かが漏《も》らすと同時に、フィナが鋭く言う。

「ルッツの言う通りですね。前方から敵が四つ。〈奇刃狼《きばろう》〉です」

〈奇刃狼〉はスピードが速く、〈風の刃〉という魔法も使ってくる上に集団戦闘を得意とする厄介な魔物だ。

四匹ならおそらく哨戒《しょうかい》チームで本隊じゃないだろう。

「迅速に叩き、本隊に気づかれる前にこちらからいきましょう」

フィナの指示はもっともだ。

〈奇刃狼〉の群れがいるなら、探索中の障害になりうる。

他の魔物と戦っている時に奇襲されるリスクを思えば、できるだけ倒しておきたい。

〈奇刃狼〉は学習能力があり、一度痛い目にあわせた相手との遭遇・戦闘は避けるようになる。

だから先に戦って数を削っておけば、すくなくとも今回の探索中に襲われる可能性を摘《つ》める

のだ。

「〈風と炎の加護〉」

俺は支援系魔法を発動させる。

風の守りと速度、炎の攻撃力上昇という三つの効果がある魔法だ。

なぜかみんながぎょっとした顔になるが、フィナは最初に立ち直る。

「ロイ、アモス、ベルナー、攻撃を」

彼女が指示を出したのは前衛の三名で、彼らだけで四匹の〈奇刃狼〉を倒してしまう。

全員が簡易詠唱《えいしょう》なら使えるようだ。

「よいペースですね」

フィナが懐中時計を見ながら言う。

もしかして討伐《とうばつ》速度を計測したりするのだろうか。

帝国はいいところだけど、厳しい一面もあるんだな。

おそらく他の団との競争が激しいのだろう。

俺の力がどこまで通用するか、試してみたい気持ちもある。

楽しみだな。

〈奇刃狼〉の死体をテキパキと解体し、〈収納袋〉に収納して奥へと進む。


「ここまでやることがないのは新鮮だな」

と思わずつぶやく。


「最初に敵を感知してくれたじゃないか」

「フィナ隊長より早く気づくなんてすごいわよ」

周囲はそう言ってくれる。

うん、敵の探知は重要な仕事なんだよな。

みんなが手分けしあって仕事をすると、俺の負担がすごい楽なんだなと言いたかっただけなんだが。

順調に進んでいると、途中で空気が変わる。

「もしかしてここから第二踏地？」

「そうだ。すごいな、ルッツ。何も言わなくても感じ取ったのか」

と答えが返ってきた。

「なんとなく分かった」

鍛えられた危険察知能力のおかげだろう。

「くぐった修羅場《しゅらば》が俺たちとは違うってことかな」

「百戦錬磨《ひゃくせんれんま》の猛者《もさ》。頼りになりますね」

フィナがそうまとめる。

経験でいえば『遠征』をやっている帝国兵のほうが有利だと思っていたんだが、実はそうでもないのかな。

死にかけた経験では勝ってるんだろうが。

「それにしてもけっこう速いペースですね」

さすが帝国の精鋭だと言ったら、フィナがにこりと応じる。

「ルッツが入ったおかげですよ」

「いつもはもっと遅いもんね」

「ルッツがいるとかなり楽だわ」

うん、そうなのか？

説明を求めて視線をさまよわせると、フィナが教えてくれた。

「私が言った往復三日というのは、義務ではなくてあくまでも目標にすぎません。達成できなくてもいいのですよ。大切なのは生還することのほうですから」

なるほど、何か変だなとは思っていたんだよな。
漠然《ばくぜん》とした疑問の答えが今見つかった。

「すみません、勘違いしていたみたいで。三日で第二踏地の最奥部に行って帰ってくるものだとばかり」

「……それは無茶ですよ。ルッツがいればなんとかなりそうですが」

フィナは冷静に返す。

俺一人が入っただけでそんなに違うか？
一人入っただけで変わるってことは、元々フィナ分隊がすごいってことなんだろうけど。

「だってルッツはまだ大して疲れていないでしょう？」

「そりゃまだほとんど何もしてませんからね」

ただみんなの後をついて歩いていただけ、あとちょっと探知魔法を使っただけだ。

「そこがすごいのですよ。普通、〈ダゴン領域〉を歩いていると神経がすり減らされて体力も消耗《しょうもう》しますから」

「たぶんピンピンしているのはルッツだけだと思うぜ」

えっ？　そうなの？

みんなの表情を見ると、まだ余裕がありそうなんだが。

「ルッツ、余力が残っているのと、全然疲れていないのじゃ大きな差があるんですよ？」

フィナが困った顔で指摘してきた。

とりあえず俺がズレているらしいことは理解したので黙る。

「俺も働きたいので、何か仕事をください」

まずフィナに頼んでみた。

『遠征』の間は彼女が最高司令官である。

彼女を説得できればチャンスはあった。

「うーん、今回あなたに同行してもらったのは、〈ダゴン領域〉になじんでもらうためで、次以降の『遠征』から参戦してもらう予定だったのですよね」

「ルッツの投入がやけに早いと思ったら、そんな事情が」

隊員たちも裏事情を聞いて納得したし、俺も同感である。

帝国は意味もなく無茶ぶりをしてきたわけじゃないし、そもそも無茶ぶりでもなかった。

「しかし、ここまで普通に適応しているなら、参加してもらってもいい気が……」

フィナは何やら迷いはじめる。

「ルッツが規格外すぎて、帝国の基準が追いついてないな」

誰かが苦笑した。

「というか王国が魔境すぎるんじゃないの？」

誰かが小声で指摘する。

否定したくてもできそうにない。

「でも、いいんでしょうか？　前例がないんでしょう？」

フィナにたずねる。

帝国じゃどうか分からないけど、王国では前例がないことは認められない。

実行しようとするやつは大罪人だった。

「かまわないでしょう。ルッツをもって前例とします。ランベルト様やパウル様には後で報告しますが」

俺をもって前例とする……そんなのありなのか。

「優先されるのは現場の判断ですからね。帝国の法にもあります。『現場の指揮官は最善を尽くせ』と。あなたにこの場で参加してもらうのが最善と私は判断します」

フィナは責任者の顔できっぱりと言い切った。

年下の上官がこんな顔で言うのだから、俺だって腹をくくるしかない。

「俺も最善を尽くします」

上官がこんな気持ちいい決断をしてくれたんだ。

その判断を正解にするのが、部下の仕事ってものだな。

「一番消耗《しょうもう》が大きいのは前衛ですから、ルッツには前衛に出てもらいます。私が後衛に下がりましょう」

一番余裕がある俺が一番負担の大きい前に行き、一番疲れている隊員を中央で休ませる。そして危険な最後尾にはフィナ隊長が回るのは妥当《だとう》な判断だ。

「敵が近づいています」

進んでいくと気配に引っかかったので、周囲に警告をする。

「本当ですね。〈白羊猿《はくようえん》〉の群れです」

〈白羊猿〉とは白い羊のような体毛と角《つの》を持った猿の魔物だ。
非常に好戦的で、石や木の棒など簡単な道具を使いこなす知能を持っているらしい。

「〈白羊猿〉となると、戦うしかないか」
「戦いを避けるという発想がありえない魔物だからな」

隣を歩く男が言う。

〈白羊猿〉は同族以外を見つけたら必ず襲いかかるようだ。

自分よりはるかに強い魔物相手にもそうなのかは疑問であるが。

「よし、俺頑張るよ。〈集《つど》い刺さる刃〉」

俺は敵意を集める魔法を自分にかける。

自分が狙われやすくなれば、他の隊員の負担が減ると考えてだ。

「おい!?」

みんながなぜか慌てていた。

〈白羊猿〉の敵意が俺に集中し、彼らはいっせいにこっちをめがけて石を投げてくる。

「〈風の盾〉」

鎧《よろい》だと他の前衛にとばっちりがくるかもしれない。

そこで〈風の盾〉を前面に集中する。

「今です、全員で魔法を詠唱《えいしょう》して！」

フィナから指示が飛ぶ。

攻撃が俺に集中し、俺一人ですべての攻撃を防いでいるのだから、他の隊員で攻撃するのは正しい。

〈白羊猿〉の数と耐久力を考えれば下手《へた》に温存しない方がいい。

判断の的確さと迅速さに感心する。

「〈風の刃〉」

「〈氷の矢〉」

複数の魔法が射出されたところで、フィナが仕上げの付与魔法を使った。

「〈統合・氷の刃風〉」

〈白羊猿〉の数と同じ量の氷の刃の嵐が、〈白羊猿〉を襲う。

ばらばらに打ち出された魔法は、フィナによって統制されている。

俺への攻撃に専念していた魔物たちは、魔法攻撃への対応が遅れた。

「ギャアア」

氷の刃の嵐が刺さった〈白羊猿〉は悲鳴をあげる。

だが、致命傷を与えられたのは半数ほどだ。

速度重視の下級魔法だったからな。

半数を倒せるだけでもすごいことだ。

反撃がくるまで余裕があるから、ここは追撃をしかけよう。

「〈旋風槍《せんぷうそう》〉」

俺が発動させたのは、回転する風の槍の魔法だ。
これらが〈白羊猿〉の傷に刺さり、抉《えぐ》るように回転して傷を開けば自然と致命傷に変える。

「うわ……」
「速い。そしてエグい」

味方のはずの隊員から畏怖《いふ》がこもった声が漏《も》れた。

「〈白羊猿〉はタフで好戦的で執念深いらしいから、きっちりトドメをささないとね」
「その通りですね。判断力もあり、魔法の発動速度も速い。完璧《かんぺき》な処置です、ルッツ」

フィナはそう評価してくれる。

「すみません、判断をあおぐべきでしたね」

やってしまってから俺は気づき、謝った。

指示されていないことを独断でやるのは、指揮系統という点でまずい。

「たしかにそうですが、正しい判断をされましたからね。私の指示が遅かったという見方もできます。ルッツのせいではありません」

フィナは優しく言ってくれる。

「今回は不問に付しましょう。ルッツがいると、指揮官の力量が問われると私も肝《きも》に銘《めい》じることにします」

そういう考え方もあるのか。

「ルッツみたいな戦い方があったんだな」
「まず敵の集中攻撃に耐えられる力が必要でしょうね」
「一人で攻撃を受けもてるなら、たしかにみんなが楽になるか」

フィナ分隊の面子《めんつ》はざわざわと話し合っている。

「でもよお、ルッツだからできたんじゃないか？」

一人が指摘した。

「そうね。みんなルッツみたいになれるとはかぎらないわ」

「ルッツはすごすぎですからね。参考にはなっても、そのまま手本とはしにくいですね」

フィナまでもが彼らに同調する。

「そんな特別なことを俺はしていたのか？」

「ルッツ。王国では苦労したのでしょうね」

俺の疑問に対して、フィナが同情を示す。

「ですが、あなたはもう帝国の人間。これからは私たちと助け合っていきましょう」

「そうだぜ、ルッツ」

「一人で戦う必要はないんだぜ、ルッツ」

みんなが口々に言う。

王国での戦い方はどうやら悪癖《あくへき》に当たるらしい。

これからは自重したほうがみんなに心配をかけなくてすむな。

「ごめん。そんなつもりはなかったんだが」

「……他にはどういう戦い方をするのか、事前に聞いておいてもいいですか？」

フィナがそんなことを聞いてきた。

まあ他人の協力を必要としない前提の戦法はまだあるので、彼女の心配は杞憂《きゆう》とはいえない。

「ええ。あとはわざとたくさん攻撃をして敵の注意を引き付けるパターンがあります」

派手で大きな音を立てる魔法というのは、場合によっては便利なのだ。

「まるで撤退戦で殿《しんがり》をやるときのような戦術ですね」

フィナが若干《じゃっかん》顔を青くしながら指摘する。

「その通りです。孤立無援になっても戦える必要を感じたので」

誰も助けてくれない。

「そんなひどすぎる」

「ルッツが強いわけだ」

「過酷《かこく》すぎる状況で生き残ったんだもんな」

みんな目を丸くし、口に手を当てて同情してくれる。

いやな気分にさせてしまってすまない。

「話を変えましょう。俺はどうすればいいですか？」

フィナに質問を向けると、彼女は即決する。

「防御系魔法以外は使わないというのはいかがですか？　それも他の者が使っている魔法だけ使うという制約をつけさせてください」

「それが無難でしょうね。やはり分隊長はすごい」

俺がみんなから浮かないためにはそれが一番だろう。

その判断がすぐに出てくるのは大したものだ。

「フィナ分隊長のような上官と出会えてよかったです」

もっと早く帝国に来ればよかったのか。

そう思って仕方がない。

〈ダゴン領域〉の森を抜けて荒野に出たところで、俺たちはほっと息を吐く。

『遠征』は無事に終わったとはいえないが、ほぼ終わりだ。

「ルッツ、すごかったよなあ」

「テントの組み立ても、飲み水の確保も一番だもんなあ」

〈魔動車〉に乗り込みながら俺たちは話に花を咲かせる。

誰も油断してはいないが、無駄に緊張しすぎるのも愚《おろ》かというものだ。

フィナ分隊の面子は適度な状態というものをよく分かっていて、非常につき合いやすい。

「予定よりも半日分、多く探索ができたのはルッツのおかげですね。これは驚異的ですよ」

フィナが口元をほころばせながら称《たた》えてくれる。

「俺もこのメンバーは実にやりやすかったですよ。打てば響く仲間ってすごくありがたいですね」

こんな居心地のいいチームは正直初めてだった。

帰りたくない『遠征』も初めてである。

といってもみんな疲弊《ひへい》してきているし、所持している物資の残りも心もとなくなってきたので、帰るしかないんだが。


「このメンバーとならまた来たいですね」

「ルッツ。うれしいことを言ってくれるな」

「俺たちはずっと仲間だぜ」


おかしい。

ただの『遠征』帰りなのに何やらしんみりしてきた。


「ああ。俺たちはもう仲間だな」

すっと口から出てくる。

言っても気恥ずかしくなったりしないどころか、胸を張りたくなった。
まだ知り合ってそんなに時間は経っていない。
それでもこういうのは理屈じゃないんだと思い知った。
交代で休みながら戻っていくが、何事もない。
帝国はきっちり管理されているらしい。
素晴らしいことだ。
これがまともな国家運営ってやつなのか。

「帰ったら〈魔動車〉の練習しなきゃな」

平坦な道をながめながらつぶやくと、隣に座る女性が言った。

「申請したら特別休暇をもらえますよ」
「え、本当に？」

〈魔動車〉の練習をするためだけに休めるのか？

思わず聞き返すと、微笑で応えられる。

「ええ。〈魔動車〉の操縦は任務で必要になりますから、資格手当もつきます」

「なんだって」

なんてすばらしい仕組みなんだろう。

帝国がすごい国家なのは分かったつもりだったが、まだまだ新しい驚きが出てくる。

「帝国にはそんな制度があるんですね」

「いい仕事をするためには当然じゃないか」

「常識だよね」

隊員たちはそう話し合う。

常識って言葉がこんなにも尊《とうと》いなんて。

「王国ってマジで修羅《しゅら》の世界なんじゃないか」

「結果的にルッツっていう規格外の英雄が出てきたんだから、天の配剤はすごいね」

そんな配剤なんていらない。

思わずそう言いそうになったが、帝国でいい待遇を得られているのは今までがあったからだ。

そうだな、いつまでも王国でのことを否定するのはやめよう。

王国で苦労したからこそ、新天地で報《むく》われたと考えればいいのだ。

「人生、悪いことばかりじゃないな」

とつぶやく。

「ルッツ、少しいい顔をするようになったな」

隣に席に座っている男がそう言った。

「え、そうか?」

「ああ。なんだか暗い感じが消えたよ」

けっこう鋭い指摘だと思う。

隠しても仕方ないし、話してしまうか。

「今までは王国のことを思い出したくなかったんだ。でも、過去があったから今があると思うようにしたんだよ」

「へえ、その考えは素敵ね」

助手席に座っている女性兵士が手を打って褒《ほ》めてくれる。

「当たり前なんだけど、何かすっと心に入ってくるな」

「当たり前のことを言ったわけじゃなくて、現在のために過去を活《い》かそうとかそういう話でしょ」

「過去に苦労していた人が言うからこそ、説得力があるんだよなあ」

よくもまあ帝国人たちは褒め言葉をこんなに思いつくよなと感心する。

人の長所を探すのが上手《うま》いのだろうか。

これは俺も見習った方がいいだろうな。

「みんなだって人の長所を探すのが上手いよな。大したものだ」

「え、そうかな?」

返ってきたのは不思議そうな反応だった。

みんな、自覚がなかったりするのか。

「気づいていないのか。じゃあお互いさまだな」

「ははは、そうかもな」

俺たちは笑いあった。

# 第九話「休暇」

『遠征』から帰ってきた俺たちにランベルト様が言った。

「ご苦労だった。七日間の休みを与える。フィナだけ残って解散してくれ」

俺たちは下がる。

フィナはおそらく報告のために残るんだろうな。

部屋を出たところで俺はつぶやいた。

「『遠征』が終わったら、七日も休みがもらえるのか」

「そんなの当たり前じゃないか。たっぷり休まないと、いい仕事ができないよ」

と仲間たちは笑う。

またしても俺は衝撃を受ける。

いい仕事をするためにはたっぷり休むという意味、分かっていたつもりだったらしい。

「そっか。そうだな」

しかし、別に不満があるわけじゃない。

休みは多いほどうれしいのだ。

「みんなは休みの日、どうするんだ？」

「遊びに行くか。鍛錬するか。実家がそんなに遠くないやつは顔を出しに行ったりするな」

鍛錬はともかく、残り二つは俺には無理じゃないかな。

「ルッツはどうするんだ？　休みに驚いてるってことは、予定はまだ組んでいないんだよな？」

問いにこくりとうなずく。

「組めるわけないじゃないか。さてどうしようか」

正直そんなに休みをもらっても、どうすればいいのかさっぱり分からない。

「王国じゃどうだったんだ？」

一人が遠慮《えんりょ》がちに聞いてくる。

ああ、〈魔動車〉の中で王国での日々を受け入れるって言ったけど、まだ遠慮はありそうだ。

「王国だと連続勤務が終わると、新しく連続勤務がはじまるって感じかな」

もし休みがあれば、奇跡って存在である。

「えええ？」

「人間、休まないと死ぬぞ？」

帝国人は愕然《がくぜん》としていた。

中には顔を青くしている者もいる。

彼らの予想以上に王国の現実は過酷《かこく》だったようだ。

「ルッツ、よく生きていたな」

「信じられないわ」

仲間たちの動揺《どうよう》は予想していたよりも大きい。

「それだとルッツ、休みの日は何をしていたんだ？」

「たまった洗濯《せんたく》ものをして、掃除《そうじ》をして、あとは寝てたかな」

休みの日くらい寝ないと、体力が回復しないからな。

次の日からの怒濤《どとう》の連続勤務に耐えるためには、眠る必要があったのだ。


「うわー」

「それじゃ遊ぶヒマないじゃないか」

「ひどいな」


みんなが口々に言う。

うん、思い出したら暗い気持ちになっていたんだが、今は吐き出してすっきりする感じだ。

だんだんと王国での日々との向き合い方が上手くなってきた気がする。


「そうなんだよな。だから遊ぶといっても、どうしたらいいのか分からん」

「じゃあさ、俺らと遊びに行ってみるか?」

「え、いいのか?」


俺は目を輝かせた。

最後に誰かと遊んだのはいったいいつだろうか。

少なくとも仕事する前だったように思う。

「帝都に遊ぶところがあるんだろうけど、どこに行けばいいのか分からないんだよな」

「そうだろうな。休みの日、寮でゴロゴロしてても何も困らないもんな」


俺の嘆《なげ》きに仲間は笑う。

まったくもってその通りだ。

洗濯や掃除もやってもらえるし、休日だってじつは頼めば飯は食える。

そのことに気づいてから、自堕落《じだらく》的な生活になってしまった。

どこに何があるか分からないからどうしようと思っているうちに、休みを無為《むい》に過ごしてただけなんだが。


「じゃあ今夜にでもさっそくどこか行くか？」

「みんなはどこに行っているんだ？」

「酒場で飯を食ったり、あとはダーツでもやったりしてるかな」

ダーツ？　なんだそれ？

よく分からなかったが、酒場で飯を食うのは分かる。

「美味《うま》い酒と料理を楽しめる酒場があれば、ぜひ知りたいもんだ」

「お？　ルッツは酒をいけるか？」

目を輝かせる者がいた。

この反応は酒好きの反応だ。

「そこそこいけるよ。エール五杯くらい」

「ふーん。じゃあそこそこなんだな」

強いというわけでもないが、弱くないってところだろう。

強いやつは火酒《ひざけ》や鬼酒《きしゅ》と竜酒《りゅうしゅ》といった、エールの十倍くらい酒精が強い酒を平気で飲むからな。

「なら決まりだな！　休みの日は美味いエールを飲むにかぎるぜ！」

「ああ！」

酒の話で盛り上がる。

女性陣は苦笑して去っていった。

女性たちは酒があまり好きじゃないのか、それとも俺たちのノリについてこれないのか。

無理強《むりじ》いできるものじゃないし、男同士の方が気兼ねしなくてもいいかな。

俺たちは寮につくと、いったん別れる。

「六時くらいに寮の前で集合な」

「おお」

「おっと、ルッツはちゃんと夕飯いらないって伝えておくんだぞ」

指摘されて、「あ、そうか」と気づく。

いつも料理を用意してもらっているもんな。

指定された場所に時間より少し早めに行けば、すでに五人がいた。

「よーし、行こうぜ。そして飲もうぜ！」

一人に肩を抱かれる。

暑苦しくない、ギリギリのところだ。

「どこに行くんだ？　この人数で入れるのか？」

「俺らの行きつけなら大丈夫。三十人くらいは余裕だよ」

「それはすごいな」

軽く目をみはる。

帝都だと土地の値段も高いはずだ。

多くの客を収容できるスペースを用意することすら簡単じゃないだろうに。

オーナーが相当のやり手なんだろうな。

案内されたのは〈木漏《こも》れ日《び》亭〉という店だった。

「いらっしゃいませー」

十代と思われるピンク頭の可愛《かわい》い女の子が出迎えてくれ、同僚たちは鼻の下を伸ばしている。

たしかにこの子は可愛い。

フィナは美人タイプだったけど、端整さでは負けていないと思う。

「あら、見ない顔ですね？　ひょっとして、うわさの新人オスカー・ルッツさんでしょうか？」

「もううわさが広まっているのか……」

ずばり言い当てられ、俺は『人の口はカギがかからない』という言葉を思い出す。

「ええ。将来の隊長候補としてスカウトされたとか、特務兵になれそうな逸材《いつざい》だとか」

まったくのデタラメというわけでもなさそうだった。

「ルッツくらいすごいやつの情報が出回らないほうがありえないんだよなあ」

「本当だよ。バケモノルッツなんて言われてないだけ、まだマシだぜ」

情報源となったであろうやつらは少しも悪びれていない。

「みなさん、ルッツがすごい、ルッツがすごいと。おかげでお会いしたこともないのに、名前を覚えちゃいました」

女の子は舌を出して可愛らしく笑う。

「光栄です」

と言うのが無難だろう。

みんな俺を褒《ほ》めててくれただけなんだから。

「あ、私はルルカっていいます。よければひいきにしてくださいね」

にこっと笑う姿は本当に可愛い。

この子目当てで通う男がいても少しも不思議じゃない。

デレデレしている同僚たちを見て、こいつらもそうなんだろうなと推測する。

「美味い酒と飯が食えると聞いたのですが、可愛い女の子がいるとは聞いてませんでした」

「おいっ!?」

俺が言うと、悲鳴に近い抗議の声が上がった。

「あら、そうなんですか。普段はみなさん可愛いと言ってくださるのですが、お世辞《せじ》だったのですね」

ルルカは手で顔を覆《おお》い、泣き真似《まね》をする。

「ちょっ」

「いや、そんなことはない！」

同僚たちは必死にルルカに言葉を重ねていた。

どう見ても演技なんだが……彼らは気づいていないらしい。


「高い商品頼んでくださる？」

「ああ、ルルカのためなら！」

「明日も来てくださる？」

「君のためなら毎日来るとも！」

肩を震わすルルカの機嫌をとろうと、彼らは必死に約束をしていた。

悲しくて震えているんじゃなくて、笑いをこらえているようにしか見えないんだがなあ。


「ふふ、みなさん、優しいですね」

彼女は顔をあげてにっこり笑う。

「よ、よかった」

みんなは機嫌が直ったと喜んでいるっぽい。
この子、どう見ても小悪魔だぞ。
と思っていると、ルルカと目が合う。
彼女は俺が冷静を保っていても特に驚いている様子もなく、動揺したりもしない。
ただパチッとウィンクを飛ばしてきた。
これは相当手強《てごわ》そうな子だ。
深入りしないほうがよさそうだなあ。
酒場の一角に座って、みなは適当に料理と酒を頼む。
俺はどうしようかなぁ。

「ルルカちゃん、何がおススメ?」
「うちはなんでもおススメですよ」

にっこり笑うが、この返しはちょっと困るな。

「初めて来た客を常連客にするための、とっておきの組み立てってどんなの？」

「ああ、それでしたら」

ルルカちゃんは教えてくれる。

「まずはよく冷えたエールに塩ゆでキャベツ、岩塩ベーコンがおススメです。病みつきになるって人は多いですよ」

なんだかよだれが出てきそうなコースが提示された。

「美味《うま》そうだな。じゃあそれをお願いする」

「ありがとうございますー」

ルルカちゃんが下がっていくと、一人が話しかけてきた。

「ルッツも洗礼コースか」

「洗礼コース？」

そんな名前のものがあるのか。

「ここの塩ゆでキャベツと岩塩ベーコンは、この店特製の塩がきいていて、美味いしエールによく合うんだ」

「正直いくらでも入るってくらいにな」

「やめられない止《と》められないってやつだよ」

それは楽しみだな。

少し待っていると、岩塩がまぶされた大きなベーコンとエールがくる。

「さ、どうぞ」

まずはエールをぐいっといく。
苦みのないタイプのものらしく、のどごしがたまらない。
次にベーコンだ。
大きく切って口に入れる。
塩がしっかりきいていて、美味い。
「たしかにこれはやめられないかもしれない」
エールを飲んだらたまらないほど美味い。
何もルルカちゃんが目当てってだけじゃなかったんだな。
俺は反省し、心の中で詫《わ》びる。
「いい店を教えてもらったな」
そう言った。

「だろう？　酒も飯も美味いしルルカちゃんは可愛い。最強の店だぜ？」

同僚たちは笑う。

その通りだな。

休日は楽しく過ごせるかもしれない。

# エピローグ

休みをたっぷり満喫《まんきつ》して久々に出勤すると、ランベルト様から話があった。


「ルッツ、少しいいか？」

「なんでしょう？」

「貴公さえよければ、ある試験を受けてもらいたいのだが」

「ある試験、ですか？」


なぜそこをぼかすのだろうか。

聞き返すと、ランベルト様は苦い顔をする。

「早すぎると私は言ったんだが、上のほうが貴公に興味を抱いたようだ。フィナの報告だとすばらしく優秀だということでね」

みんな優秀だったと思うんだけどな。

言っても謙遜《けんそん》だと勘違いされるから黙っておくが。

「ありがとうございます」

「突然のことでとまどっていると思うが、それだけ貴公が優秀だと判断されたということだ。上のほうは優秀な人材には貪欲《どんよく》なんだ」

好待遇だし、ダリア魔法兵団の質は高いしで、人手不足なイメージはないんだけどな。

「趣味は人材収集」と豪語していた大昔の英傑《えいけつ》みたいな精神性なのだろうか。

いずれにせよ、優秀だからと評価されるのは悪い気はしない。

「試験はいつ、どこで行われるのでしょう?」

「すまない」

俺の問いにランベルト様は目を伏せてわびる。

この段階で急激にいやな予感がした。

「実は今日この後すぐに宮廷まで足を運ぶようにとの指示だ」

宮廷に？

さすがにこの内容には目を丸くしてしまう。

「どなたがいらっしゃるのですか？」

どう考えても大物が来るとしか思えない。

「宮廷魔法将のクリームベルト様、特務兵の兵長フーデマン様だ」

特務の兵長はなんとなく分かるけど、宮廷魔法将？

俺の内面を読んだかのように、ランベルト様は教えてくれた。

「宮廷魔法使いのトップが魔法将なんだ。宮廷魔法士ともいう。地位的には近衛《このえ》隊長と並ぶ。特務兵の兵長は元帥《げんすい》の直属の部下という位置づけだな」

なんだかややこしそうな気配がただよってくる。

上のほうの地位って、偉《えら》い人に箔《はく》をつける椅子《いす》を用意する政治的な理由もあるらしいって小耳にはさんだことがあるけど、帝国でも同じなんだろうか。

「先に言っておくと、特務兵にはランクがある。ナンバーズと呼ばれる一番から九番、十番から十九番までのダブル、二十番以降のツィヒだ」

けっこう多いんだな、特務兵。

いや、大国の中でも最強の三十人といわれると精鋭か。

「定員はあるんですか？」

「ない」

ランベルト様はきっぱりと答える。

「能力が一定水準であれば合格できる。要求されるものが厳しいだけだ」

なるほど。

上限はもうけず、合格ラインがあるだけか。

それなら挑戦してみよう。

「やってみます」

「そうか、やってくれるか」

ランベルト様はほっとした顔になる。

上司の無茶ぶりに悩まされる中間管理職のようだ。

そう考えると同情してしまうと同時に、上層部にげんなりさせられる。

帝国はいいところだと思ったんだけどなー。

いや、優秀な人材はどんどん出世させると考えれば別に悪くないのか？

なんでも悪い方に解釈するくせがついちゃってるかな……。

「この後は仕事してからですか？」

と聞いたらランベルト様はため息をついて首を横に振る。

「そんなわけがないだろう。このまま宮廷に行ってくれてかまわない。向こうも無茶ぶりは百も承知とのことで、午前中までに来てくれたらよいとのことだ」

偉い人のわりに融通《ゆうずう》が利《き》くもんだな。

どういう組織体制になっているんだろうか。

ちょっと気になってきたぞ。

「できるだけ早く向かいます」

偉い人を待たせるというのは、なんとなく落ち着かないものだ。

事前連絡なしであれこれ指示を出して、急な対応がうまくできないと激怒された王国のようなことはないと思うが。

「宮廷のどこに行けばいいのでしょう？」

「一階の『橙の間《だいだい》』だ。ほら、クリームベルト様の名が書かれた召集状を渡しておこう」

ランベルト様から一枚の紙を受け取る。

「この印章を見せれば難なく通れるだろう」

たしかに立派な印章があった。

「ありがとうございます」

礼を言って召集状を受け取り、懐《ふところ》にしまう。

さっそく建物を出て宮廷へ向かう。

宮廷からは実のところ徒歩でいけるくらいの距離しか離れてはいない。

宮廷には近衛兵がいるはずだが、それとは別にダリア魔法兵団も有事の際の戦力として計算されているからだろう。

宮廷は堀があり、柵《さく》も立てられているものの、防衛面では少し不安が残りそうな作りだ。

帝都の高くて堅固な外壁を突破されないようにすることを前提としているのだろう。


「クリームベルト様に召集され、ルッツが参りました」

宮廷の兵士に話しかけ、召集状を見せる。

「たしかにクリームベルト様の印章です。お通りください」


兵士たちはていねいな態度で通してくれた。

見覚えのない顔だから乱暴に扱うということはない。

しっかりと礼節が末端の兵士にも行き届いていると見える。

この点だけでも帝国はすごいと思う。

えっと一階の「橙の間」に行けばいいんだったか。

せっかくだし聞いてしまおう。

「『橙の間』にはここからどう行けばいいですか？」

「門をくぐってすぐ右に曲がってまっすぐに進むと、橙色のとんがった屋根が見えてきます。そこの一階がそうですよ」

兵士はすらすらと答えてくれる。

誰かに質問され慣れているかのようにスムーズに。

「ありがとうございます」

「いえいえ」

感じのいい兵士とは別れて、教えてもらったとおりに進めば橙色のとんがった屋根が見えてくる。

あそこの一階か。

なんだか中央とは離れている気がするが、まあいいか。

そのほうが皇帝や皇族を見かける心配はいらないだろうし。

ドアにはカギがかかっておらず、そのまま押して中に入る。

中は魔法兵団の建物くらい広く、誰もいなかった。

俺がここに来たのは門番から知らせが行くだろうから、そのうち二人はやってくるに違いない。

# あとがき

初めまして、相野仁《あいのじん》と申します。

他の著作をお買い上げいただいた方はお久しぶりです。

このたびは『無駄飯食らい～』を手に取っていただきありがとうございます。

タイトルは我ながら長いのですが、これくらいのほうが分かりやすいのではないかと思う次第です。

今回の著作のコンセプトはさよならブラック職場、こんにちはホワイト職場です。

すごく単純明快《たんじゅんめいかい》だと思います。

皆様の余暇《よか》のおともになれたら幸いです。

これを書いてる時は秋のはずなのに少しも秋らしくない日なのですが、本が出る時はさすがに涼しく（寒く?）なってるかと思います。

さすがになってるよね？

最近様子がおかしい気候に質問を投げておきます。

未来の自分からの答えは期待してません。

今年の夏ですが久しぶりに栃木に遊びに行ってきました。

昔行った時と比べたらずいぶんと暑くなった気がします。

私が子どもの頃って北関東はけっこう涼しかったような気が。

昔の話ですし、記憶違いかもしれませんが。

何より昔と違うのは東北・北陸新幹線に乗れたことですね。

乗るのは初めてだったのでワクワクしました。

調べてみたところ何種類かあるそうで、全部には乗れなかったのは残念です。

機会があれば北海道新幹線にも乗ってみたいですね。

函館《はこだて》方面に行く予定がないので、しばらく先になるでしょうけど。

九州新幹線には乗ったことがあるので、あと乗ったことない新幹線は他にはないはず……。

船旅はゆっくりできる時間がまとまって作れてからになるかなという気が。

話を作品のほうに戻すとして、マニャ子さんのイラストがとっても素敵ですよね。

小説を書いててよかったと思うのは、やはりイラストレーターさんが描いてくださったものを見る時です。

私は映像が脳内に浮かぶタイプではないので、イメージを伝えるのが苦手でいつも担当さんやイラストレーターさんにご迷惑をおかけしております。

反省しております。

そしてマニャ子様、『ネクストライフ』に続き今作でもお世話になります。

本当にありがとうございます。

担当編集H様、デザイナー様ありがとうございます。

最後になりますが読者の皆様、改めてありがとうございます。

二巻でもお会いできたら幸いです。

相野　仁

ダッシュエックス文庫

# 無駄飯食らい認定されたので
# 愛想をつかし、
# 帝国に移って出世する

～王国の偉い人にはそれが分からんのです～

相野 仁

2019年11月27日　第1刷発行

★定価はカバーに表示してあります

発行者　北畠輝幸
発行所　株式会社　集英社
〒101-8050　東京都千代田区一ツ橋2-5-10
03(3230)6229(編集)
03(3230)6393(販売／書店専用)　03(3230)6080(読者係)
印刷所　大日本印刷株式会社



ISBN978-4-08-631342-1 C0193